restare
GIOVANI
si può

A Francesco Maria Antonini

Progetto grafico e impaginazione: Cinzia Chiari
Redazione: Camilla Gensini
Illustrazioni: Annalisa Sanmartino, Giulia Torelli

www.giunti.it

Via Bolognese 165 - 50139 Firenze - Italia
Piazza Virgilio 4 - 20123 Milano - Italia
Prima edizione: settembre 2016

MISTO
Carta da fonti gestite in maniera responsabile
FSC® C016466

Stampato presso Lito Terrazzi srl, stabilimento di Iolo

Elio Musco
Franca Porciani

restare GIOVANI si può

stimola il CERVELLO e allena la CURIOSITÀ per NON INVECCHIARE MAI

GIUNTI DEMETRA

SOMMARIO

PARTE SECONDA

PARTE TERZA

PREFAZIONE

«Spingendo in avanti a fatica la carrozzella, il professore si avvicinò alla porta-finestra, con la mano guantata scostò la tenda e guardò fuori, l'unica sua distrazione; da anni, ormai. Nubi leggere vagavano sui tetti, spalmando chiazze d'ombra qua e là. Tutto appariva in ordine nell'abituale disordine della città. Lui al riparo, molti altri, giunti alla sua stessa età, mandati ogni giorno allo sbaraglio; di questo era consapevole. Non è facile in questi casi – stava riflettendo il professor Gorini – perché davanti si ha il niente e si deve riempirlo. Come capita: quattro chiacchiere con gente inutile come te, il supermercato (specie d'estate per goderne il fresco), la lavanderia, il pranzo, la cena, il riposino, la tv. E la notte che non passa mai...»*.

Il professor Italo Gorini, anziano professore in pensione con problemi di disabilità, accudito da una badante che poi si scoprirà essere sua figlia, è il protagonista dell'ultimo romanzo di Matteo Collura, *La Badante* (Longanesi, 2015), un uomo al tramonto della vita che sente l'inutilità del suo parcheggio esistenziale. Ma è davvero questo la vecchiaia? Un ineluttabile declino di cui siamo spettatori impotenti? O si prospetta piuttosto l'idea, la sfida, di modificarlo? La persona anziana forse non vive soltanto di ricordi ma anche di desideri, gratificazioni, conoscenze, in cerca di un equilibrio emotivo che in molti casi esprime la scoperta del significato della propria esistenza. L'aforisma della vecchiaia come malattia non è più sostenibile, anche se rappresenta un pregiudizio duro a morire e sopravvive anche in senso discriminatorio nel termine ageism, ageismo, coniato da Robert Butler, direttore del *National Institute on Aging*, nel 1969. Oggi un grande numero di anziani grava sul sistema del welfare e la reazione, consapevole o meno, è di tipo punitivo: si tende a emarginare ulteriormente una fascia di popolazione considerata improduttiva; non si va in cerca di un'alternativa che preveda un ruolo attivo perché nemmeno lo si intravede. La psicologa americana Ellen Langer ha detto che per realizzare cambiamenti in età avanzata si è costretti a lottare contro una serie di pregiudizi, che si esprimono in forme e sfumature diverse, fra i due estremi dell'avversione nei confronti di alcuni aspetti dell'invecchiamento e l'atteggiamento paternalistico e iperprotettivo, frutto del senso di colpa che proviamo, inconsapevolmente, per il nostro rifiuto dell'anziano.

La vecchiaia, tuttavia, è molto cambiata: oggi viviamo più a lungo e sani (ce lo dicono i dati), e si comincia a intuire che il cosiddetto sviluppo, sinonimo di crescita, riguarda tutte le epoche della vita. Questa nuova antropologia non lega in modo indissolubile, in un rapporto inverso, il valore della persona all'età cronologica. Cerchiamo, allora, di conoscere da vicino una realtà di cui intravediamo appena le dimensioni e le conseguenze socio-economiche, ma che certamente ci riserverà sorprese. Mettendo al centro dell'attenzione le ultime scoperte sul cervello, l'organo che più di ogni altro parla di noi. Dietro a come ci muoviamo, con agilità o con lentezza, alla vivacità del nostro sguardo, a come parliamo, c'è il cervello, indiscusso protagonista delle idee che manifestiamo, di pensieri, fantasie, sogni e progetti. È il cervello che esprime la nostra vera età, non qualche ruga in più o in meno. Ed è su di esso che dobbiamo puntare se vogliamo costruirci una terza età soddisfacente e, perché no, anche una quarta.

Un esercito di giovani over 65

In Italia il calendario della vita va, probabilmente, riscritto. Nella nostra società la popolazione di over 65 ha un'integrità fisica e mentale non molto diversa da quella dei cinquantenni, e le differenze con loro sono oggi soltanto e, principalmente, estetiche. Tanti anziani in buona salute, dunque, tantissimi. Siamo il secondo Paese più longevo al mondo, subito dopo il Giappone, con un'aspettativa di vita che sfiora gli 85 anni per la donna e gli 80 per l'uomo. Ne derivano numeri strabilianti: 157,7 persone nella cosiddetta terza età ogni 100 giovani (ultimi dati disponibili): un esercito. Il cambiamento balza agli occhi se guardiamo come si è trasformato il profilo della distribuzione degli italiani nelle varie fasce d'età. Negli anni Cinquanta aveva la forma di una "piramide", ora ha la silhouette di un "albero di Natale" (si veda il grafico nella pagina a fianco). Spieghiamoci meglio: la rappresentazione grafica a forma piramidale, con la base ampia che corrisponde ai primi anni di vita (tanti nuovi nati) e che si va progressivamente restrin-

Struttura per età e sesso della popolazione residente. Anni 1951 e 2009.

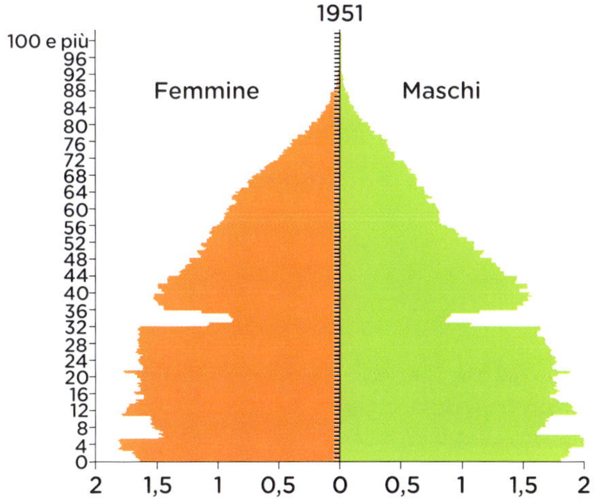

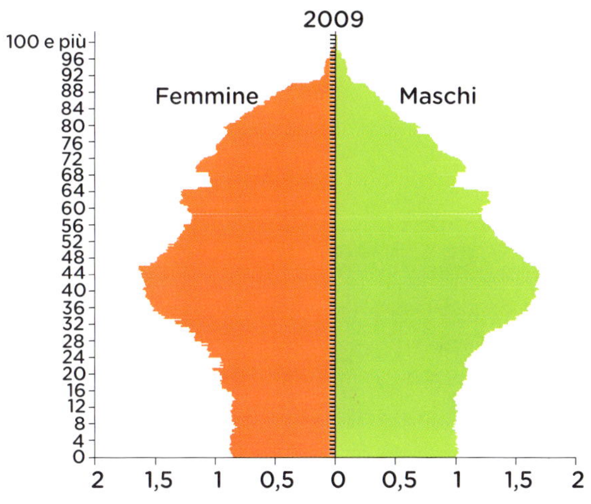

Fonte: Istat, Sommario di statistiche storiche 1926-1985; http://demo.istat.it/bil2009/index.html.

gendo fino a ridursi a una punta oltre gli ottant'anni, come era negli anni Cinquanta, non esiste più. È stata sostituita dall'albero di Natale: la base è notevolmente più stretta (poche nascite) e tale si mantiene per le classi giovanili; dai quarant'anni in su si allarga per ridursi verso i settanta, ma molto meno che in passato; poi, oltre gli ottanta disegna un bel pennacchio, perché ad aver superato questo traguardo sono oggi circa 3 milioni di italiani, il 5,3% della popolazione (nel 1950 non superavano i 500mila). Non a caso si comincia a parlare della "quarta età".

In sostanza, la realtà oggi ci rivela un vero papi boom, il boom dei "vecchietti", come dicono gli americani, e quello dei "grandi vecchi", il pennacchio appunto, nel nostro Paese composto prevalentemente da donne. Questo cambiamento è l'effetto della riduzione delle nascite iniziata negli anni Settanta, rimasta tale ancora oggi (in Italia si fanno pochi figli!) e, ovviamente, delle buone condizioni di salute dei sessantenni e oltre. Una salute guadagnata grazie al cambiamento tumultuoso della società italiana nel ventennio Cinquanta-Settanta: l'esodo quasi biblico dalle campagne con l'abbandono del lavoro agricolo a favore dell'inurbamento, che seguì il ritmo, altrettanto impetuoso, della trasformazione industriale. Migliori condizioni igieniche, meno fa-

Il boom dei "vecchietti", come dicono gli americani, è l'effetto della riduzione delle nascite e, ovviamente, delle buone condizioni di salute dei sessantenni e oltre.

tica fisica, niente più fame, la macchina e la lavatrice (quasi) per tutti. Un processo avvenuto a una velocità che non ha uguali in Europa: in Francia ci è voluto il doppio del tempo. Sta di fatto che in Italia attualmente gli ultrasessantenni pullulano, soprattutto in alcune regioni come Toscana, Emilia Romagna e Liguria, dove è anziano un abitante su quattro – si dice che sia il gerontocomio dei lombardi e dei piemontesi ricchi. Le percentuali scendono nel Mezzogiorno, dove la popolazione anziana è sotto il 20%, contro il 25 del Centro-Nord. Fanno eccezione Napoli e la Campania, dove ci sono molti più giovani e molte più nascite, ma anche una speranza di vita più bassa del resto d'Italia.

Nel passaggio dalla società agraria a quella industriale, benefico sotto (quasi) tutti i punti di vista, le cose non sono andate bene per gli anziani. Nella prima avevano un ruolo di potere in quanto capifamiglia delle "braccia" che lavoravano la terra o svolgevano un'attività artigianale. Scontato, in questo contesto, l'accudimento dei vecchi da parte dei figli quando diventava necessario. Come scrive Simone de Beauvoir, c'era una esatta coincidenza tra la professione e l'esistenza, i compiti produttivi e quelli domestici si confondevano. Con la rivoluzione industriale e la mercificazione della forza lavoro, la gerontocrazia è scomparsa; è resistita, tenacemente, solo nelle élite, fra intellettuali, politici, banchieri, industriali. Nel resto del mondo l'anziano ha perso ogni ruolo, diventando un peso economico di cui si è fatto progressivamente carico il sistema pensionistico, nato in Italia alla fine degli anni Cinquanta, che per definire il diritto a goderne ha posto uno spartiacque fra adulti e anziani, i fatidici 65 anni. Questo salto "cronologico" del Rubicone, inizialmente accettato da tutti, in anni recenti è stato oggetto di un acceso dibattito: in effetti il sistema del welfare, messo a dura prova dalle dimensioni colossali dell'invecchiamento della popolazione italiana, dà oggi segni di sofferenza preoccupanti. Si cerca di spostare in avanti l'età della pensione come stanno facendo altri Stati europei, la Germania ad esempio, ma è indubbio che il nostro Paese vive un paradosso: ha la più alta incidenza di anziani sul totale della popolazione di tutta Europa e contemporaneamente un tasso di occupazione fra i più bassi in questa fascia di età.

Non dimentichiamo che in Italia, sulla scorta dei dati di cui abbiamo parlato, un uomo di sessant'anni può in media aspirare a vivere per altri venti e una donna venticinque, quasi una nuova vita. Ma il giro di boa dei sessanta, dopo il quale deve esserci il riposo per forza, è un'idea ormai radicata: l'ingresso nella vecchiaia corrisponde alla cessazione del lavoro e al pensionamento. Un'età-limite diventata anche legge, adottata nella normativa giuridica e istituzionale, nelle indagini statistiche e in quelle degli esperti di demografia (la popolazione presa in considerazione negli studi sul mercato del lavoro è sempre quella fra i 15 e i 65 anni). Uno spartiacque convenzionale, ipotetico e soggettivo, entrato nelle nostre coscienze, però, come un "dato scientifico": allo scadere delle sessanta primavere o poco più, si diventa per definizione vecchi e come tali cominciamo a comportarci, aprendo la strada ai rimpianti. Gli psicologi la chiamano "sindrome ombelicale": usciti dal mondo del lavoro, molti neo-pensionati continuano, talvolta per anni, a frequentare i bar nei dintorni del vecchio ufficio in cerca degli ex-colleghi o, addirittura, vanno in ufficio per sentirsi ancora dell'ambiente. Altrimenti non c'è che la poltrona di casa davanti alla televisione.

In realtà, la convenzione dei sessantacinque anni come soglia della vecchiaia va a delimitare una realtà sociale estremamente eterogenea, per condizioni fisiche, rete di relazioni e partecipazione alla vita sociale. Non a caso nonostante la si invochi tanto, nessuno sa dire che cosa sia la vecchiaia, che cosa significhi veramente. Non esiste nemmeno "un rito di passaggio" che la caratterizzi, come lo sono la comparsa del ciclo mestruale, la barba, il cambiamento del timbro di voce per i ragazzi che passano dall'infanzia all'adolescenza. Possono esserlo i capelli bianchi, cui si dà una grande importanza sotto il profilo simbolico? Certamente no, visto che ad alcune persone compaiono già a trent'anni.

Un tempo per la donna il rito di passaggio si identificava con la menopausa, ossia con la perdita della fertilità, ma la grande porzione di vita che attende oggi la donna dalla scomparsa delle mestruazioni, la stessa terapia ormonale sostitutiva e le mille diavolerie della fecondazione assistita, ne hanno fatto sfumare il senso. Allora? I progressi della medicina e l'affermarsi della geriatria – termine coniato da un medico di New York, Ignatz Leo Nascher, nel 1914 – come disciplina di studio, ne hanno dato una definizione, ma, paradossalmente, hanno favorito una visione negativa di quest'epoca della vita. L'attenzione è stata rivolta principalmente alle patologie, alla sofferenza dei vari organi, dimenticando l'invecchiamento nel suo insieme e soprattutto quello in buona salute, fino a formulare una definizione cosiddetta scientifica, ancora oggi ufficiale, della vecchiaia: un mosaico di patologie destinate ad aggravarsi fino alla morte. Il famoso viale del tramonto che, per evitare il peggio, deve essere accompagnato da continui esami, monitoraggi, lastre, più modernamente Tac, risonanze magnetiche e quant'altro. Non c'è scampo: questo sembra il destino che la vita ci riserva. Basta pensare a quanto viene enfatizzata oggi la malattia di Alzheimer, quasi fosse un tunnel che attende tutti, prima o poi, mentre ne sono colpiti in Italia soltanto 800.000 ultrasessantenni su un totale di 14 milioni. E che qualcosa oggi non funziona nella percezione che gli anziani hanno della propria salute, lo rivela un dato inquietante: il 32% degli individui in questa fascia di età si sottopone a una visita medica almeno ogni due mesi, per analisi e approfondimenti diagnostici probabilmente superflui.

Una percezione così negativa degli anni che avanzano è anche il frutto dei metodi di indagine trasversali – l'osservazione di un campione di popolazione in un preciso momento al fine di verificare la presenza di una patologia – a lungo utilizzati nella ricerca scientifica: accomunando sani e malati, hanno portato a conclusioni statistiche sbagliate dalle quali emergeva una vecchiaia menomata nelle sue capacità o, comunque, in perdita. I metodi longitudinali, utilizzati in un secondo periodo, che seguono lo stesso soggetto nel tempo, a intervalli successivi, hanno reso giustizia all'anziano, scoprendolo spesso integro sia fisicamente che sotto il profilo psichico, diverso dalle persone più giovani soltanto nell'aspetto estetico.

Come ricorda Marcello Cesa-Bianchi, il pioniere degli studi sulla psicologia dell'invecchiamento (si veda l'intervista nel capitolo "Testimonianze") in *Sempre in anticipo sul mio futuro*: «Ho cominciato a studiare la psicologia dell'invecchiamento preparando la tesi di specializzazione in psicologia presso il Pio Albergo Trivulzio di Milano. I risultati, a partire dalla mia sperimentazione, sembravano inizialmente dar ragione a coloro che consideravano l'invecchiamento un procedimento di perdita progressiva e irreversibile e di patologie sempre più coinvolgenti; in realtà, poi, si è potuto dimostrare che la decadenza documentata costituiva un'anomalia nel processo di invecchiamento legata al modo in cui allora i ricoverati vivevano: in una struttura isolante che impediva praticamente l'interazione umana, che ostacolava lo sviluppo delle potenzialità presenti...».

Era il lontano 1951, ma in tanti anni poco è cambiato di quest'idea stereotipata di decadenza senile, che si scontra con una realtà molto eterogenea: alcune persone invecchiano più di altre, talvolta marcatamente. In parte il fenomeno può essere spiegato tirando in ballo il patrimonio ereditario - spesso i longevi sono figli e nipoti di persone altrettanto longeve, hanno "buoni geni", si dice - ma non basta. Si è visto che lo stile di vita, soprattutto mantenersi snelli, fare attività fisica ed evitare fumo e alcol, gioca un ruolo altrettanto importante. Non basta ugualmente. Per trovare qualcosa di rilevante, bisogna piuttosto invocare il patrimonio di conoscenze accumulato negli anni e la capacità di farne uso anche dopo il pensionamento, mantenendo motivazione ed entusiasmo. Tutti gli ultimi studi lo confermano: il cervello si rivela la centralina anti-senescenza, l'antidoto principale al decadimento, tanto che il motto "se non lo usi lo perdi e se lo usi lo migliori" conferma oggi tutta la sua validità: è dimostrato che la rete dei neuroni si mantiene integra e meglio interconnessa con l'impegno mentale e, non a caso, l'istruzione sembra ritardare i danni degenerativi del cervello. Così la motivazione, l'interesse, la partecipazione attiva al mondo circostante, la curiosità tengono lontano il disimpegno, quella sorta di lenta infezione che, senza essere letale, compromette le energie fino a intorpidire la mente e impoverire la capacità di ricordare.

Queste affermazioni non esprimono solo un punto di vista ma hanno ormai una solida base nelle neuroscienze, che negli ultimi decenni hanno dimostrato di quale plasticità sia capace il cervello umano, anche in tarda età. Proprio gli studi longitudinali cui si accennava, hanno permesso di cogliere cambiamenti e crescite che si verificano nel corso dell'intera esistenza, non limitati, perciò, alle sue fasi iniziali. Fra resistenze e pregiudizi, si cerca di superare un'impostazione della vita suddivisa in fasi nettamente distinte e si intravede una nuova prospettiva, quella del ciclo di vita, che valorizza l'individuo nel suo intero percorso, fino alla conclusione dell'esistenza, in un rapporto dinamico con l'ambiente. Sempre di più si va affermando l'idea di uno sviluppo continuo, espressione di processi biologici, sociali, storici e culturali, reso possibile da una plasticità cerebrale che non conosce limiti di età. Anche la capacità di ricordare, a differenza di quanto si pensava fino a non molto tempo fa enfatizzando l'anziano smemorato può rimanere integra e anzi migliorare grazie all'esercizio mentale, all'impegno, a un'attività fisica costante, ma soprattutto motivata, come ci rivelano ricerche recenti di cui parleremo più avanti.

Viene così superata anche la contrapposizione tradizionale fra infanzia, quale unica fase di sviluppo e di crescita, e vecchiaia, l'epoca del declino per definizione. Ciò non significa che, improvvisamente, l'estremo valore che è sempre stato dato alla giovinezza vada trasferito all'età matura e oltre. Come ben scrive José Saramago (1998): «Se io penso che è un errore fare della gioventù un valore, neanche vorrei che si pensasse che sto dicendo che lo è la vecchiaia, perché non lo è. Valori lo sono, quando lo sono, gli esseri umani, indipendentemente dall'età che hanno».

Gli interessi, la curiosità, la partecipazione attiva al mondo circostante, tengono lontano il disimpegno, una sorta di lenta infezione che compromette le energie e intorpidisce la mente.

Uno sguardo al passato

Si sta parlando di vecchiaia ma se guardiamo indietro nel tempo, ci accorgiamo che quest'epoca della vita è un'invenzione o, se preferiamo, una conquista recente; fino a un secolo fa quasi non esisteva, perché la popolazione moriva prima e non soltanto in Italia, ma in tutto il mondo occidentale. In epoca antica, ancor prima: la vita media al tempo dei Romani era di trent'anni, anche se governava una gerontocrazia, il Senato, composta da ricchi proprietari fondiari al termine della carriera amministrativa, questo conferma quanto diventare anziani fosse prerogativa dei ricchi. Le classi privilegiate potevano porsi il problema della vita dopo i sessant'anni e prendersi il lusso di discutere sulla perdita di potere in età avanzata. Problematica coniugata esclusivamente al maschile visto che le donne, già allora più longeve, erano escluse dalla cultura e dalla vita sociale e restavano delle eterne minorenni, subordinate al *pater familias*.

Cicerone scrive a sessantatré anni, nel 44 a.C., il *De Senectute*, famoso saggio in difesa della vecchiaia; in realtà, un testo con una forte valenza politica, che mira a sostenere l'autorità del Senato, allora in grande decadenza. Mette le sue idee in bocca a un ottantaquattrenne, Catone il Censore, che dialoga con Scipione Emiliano e Caio Lelio. La vecchiaia, spiega Cicerone, non ha il monopolio della cattiva salute – che può colpire tutti, anche i giovani – e pur limitando alcune attività, non ha effetti nocivi sulla mente a patto che ci si impegni per mantenerla vitale. D'altra parte, se c'è una maggiore fragilità fisica, c'è il vantaggio dell'esperienza acquisita. E non è vero che la persona anziana non produce più niente: «Gli Stati sono sempre stati rovinati dai giovani, salvati e reintegrati dai vecchi», ammonisce Cicerone.

Le stesse idee vengono riproposte un secolo dopo da Seneca nelle *Lettere a Lucilio* scritte a sessantun anni: «Facciamo buona accoglienza alla vecchiaia, teniamola cara; essa è prodiga di doni, se sappiamo trarne partito. I frutti non hanno tutto il loro sapore che al momento in cui stanno per passare». Anche lui, come Cicerone, era interessato a mantenere il potere del Senato. Più sinceri perché non si aspettavano benefici dai loro versi, Orazio e Ovidio parlano di «triste vecchiaia». E Giovenale lamenta che «invecchiare vuol dire vedere morire le persone care, essere condannati al lutto e alla tristezza».

L'avvento del Cristianesimo, a partire dal IV secolo, modificò la vita degli anziani poveri che, accomunati agli orfani e ai malati, trovarono accoglienza negli ospizi e negli ospedali, ma durante il Basso Impero e l'Alto Medioevo i vecchi furono praticamente esclusi dalla vita pubblica. In una società che si reggeva sulla forza delle armi, inevitabilmente i giovani governavano il mondo (persino i Papi erano ventenni). Con grandi eccezioni: Carlo Magno (742-814) regnò fino a settantadue anni, Federico Barbarossa (1122-1190) fino a sessantotto, il doge di Venezia fu per tradizione un vecchio, anche perché la sua funzione era più decorativa che reale. Fra i contadini il potere era nelle mani del capofamiglia, ma appena l'uomo non era più in grado di lavorare la terra (purtroppo accadeva già a quarant'anni), veniva soppiantato dal figlio primogenito e si ritrovava emarginato, talvolta maltrattato. Gli anziani nelle campagne spesso finivano a vivere come mendicanti.

Nel Medioevo impera la misoginia e la donna vecchia è sempre mal vista, fino a identificarla con un essere malefico - nella letteratura dell'epoca ce ne sono moltissimi esempi, e non dimentichiamo che qui inizia la saga delle streghe. In quei secoli in Europa si susseguono catastrofi demografiche dovute a guerre, grandi pestilenze e carestie, tanto che la vita media non supera i 28 anni per l'uomo e i 34 per la donna. La longevità è talmente rara che quando nel 1380 muore Carlo V, la sua reputazione è quella del vecchio saggio, eppure ha soltanto quarantadue anni. Per Dante Alighieri (1265-1321), la maturità si raggiunge a trentacinque anni, poi inizia il declino, a quarantacinque si è già vecchi.

Boccaccio (1313-1375) mette in ridicolo gli anziani che cercano di appropriarsi di donne belle e giovani grazie ai loro soldi.

Se il Medioevo non fu tenero con la terza età, non si può dire che il Rinascimento la tenne in maggiore considerazione: esaltando la bellezza del corpo, ne vedeva con ripugnanza la decadenza fisica. Il grande filosofo olandese Erasmo da Rotterdam (1466-1536) parla con disprezzo della donna anziana: «Questi cadaveri ambulanti, queste carogne infette che esalano dappertutto un odore sepolcrale, ora mostrano le loro mammelle flaccide e disgustose...». Ma anche l'uomo non è visto meglio e viene messo in ridicolo dalla Commedia dell'arte. Pantalone, uno dei personaggi più popolari, inventato a Venezia nella prima metà del Cinquecento, è un commerciante anziano che si è ritirato dagli affari, padre di famiglia o vecchio scapolo, sempre avarissimo. Cerca di corrompere con il denaro le donne giovani di cui si innamora, ma è ingannato da tutti, dai figli, dalle serve, dalla moglie, un rompiscatole che spesso viene fatto tacere a randellate. L'unica figura femminile presente nella Commedia è la mezzana; la vecchia perbene non interessa a nessuno. Ruzante (1496-1542) ne *La Piovana* esprime molto bene il disgusto di un'epoca per la vecchiaia: «È fatta come un cane magro, che tutte le mosche gli si buttano sopra a mangiargli le orecchie». Nonostante tanto disprezzo, nel Cinquecento mercanti, banchieri, commercianti hanno accumulato notevoli ricchezze, trasformandosi in un patriziato urbano. Ecco allora che questi nuovi nobili riacquistano potere nella vita sociale fino ad una età avanzata.

Nel Settecento le condizioni di vita della popolazione in Europa migliorano, favorendo la longevità: compaiono gli ottantenni, talora i centenari, costretti, però, all'indigenza. Ma è nata una nuova sensibilità: si consolidano le società di mutuo soccorso, soprattutto in Inghilterra, e la beneficienza per i poveri e i vecchi diventa una specie di nuova moda che va a sostenere gli aiuti dispensati dalla Chiesa. Nelle classi privilegiate, il periodo della vita attiva si allunga: i sessantenni vanno a teatro, frequentano i salotti, partecipano alla vita culturale. Il vecchio riconquista il rispetto della società anche se Denis Diderot, acutamente, osserva: «Si onora la vecchiaia, ma non la si ama». Il cambiamento emerge in modo chiaro nel teatro del commediografo veneziano Goldoni: nelle sue prime opere Pantalone è ancora tirannico, avaro, egoista, detesta la gioventù, ma successivamente diventa un uomo di mezza età che sa vivere e dare buoni consigli. Ne *Il burbero benefico* (1771) Goldoni tratteggia una figura di anziano, Geronte, che mantiene la famiglia, è comprensivo, paga i debiti del nipote...

Nell'Ottocento in Europa si registra una forte spinta demografica: la popolazione passa dai 187 milioni del 1800 ai 266 milioni del 1850, fino ai 300 milioni del 1870. Di conseguenza aumentano anche i vecchi. In Inghilterra, e poi dopo in Francia, la rivoluzione industriale produce un vero e proprio esodo dalle campagne, ma il lavoro del neonato proletariato non è protetto da alcuna tutela: uomini, donne, bambini vengono sfruttati senza pietà con carichi di lavoro disumani. A quell'epoca gran parte degli operai moriva giovane - basti pensare alle condizioni dei minatori - e chi arrivava alla vecchiaia era malandato. Migliore la condizione degli anziani nelle campa-

> **Si sta parlando di vecchiaia ma se guardiamo indietro nel tempo, ci accorgiamo che quest'epoca della vita è un'invenzione o, se preferiamo, una conquista recente.**

gne e, ovviamente, fra le classi agiate, aristocratici e borghesi, con differenze nella qualità di vita clamorose rispetto alla povera gente. L'Italia dell'Ottocento è ancora in gran parte contadina; soltanto nei primi anni del Novecento gli addetti all'agricoltura scendono sotto la metà del totale perché le industrie vanno crescendo. In questo contesto rurale i vecchi continuavano a essere accuditi più o meno decorosamente. Caratteristica delle famiglie contadine era quella di generare molti figli. Ciò permetteva di avere più manodopera da inserire nel sistema economico familiare e di avere poi qualcuno che si prendesse cura dei genitori anziani, all'interno di un ciclo di vita tanto naturale quanto lo era l'alternarsi delle stagioni. Le condizioni erano comunque dure: nel nord del Piemonte e della Lombardia si parlava allora del "popolo delle castagne", visto che i contadini si nutrivano quasi esclusivamente di queste e dei suoi derivati, ovvero di polenta. Non andava meglio in Veneto, nell'Appennino tosco-emiliano, in Sicilia, in Calabria. A causa della spaventosa mortalità infantile, l'età media era bassissima e solo negli anni Venti del Novecento arrivò a 43 anni.

Nel 1898 viene istituita la Cassa nazionale di previdenza per l'invalidità e la vecchiaia, ma solo facoltativa. Fa quindi capolino un'idea di tutela pensionistica. E prima? Dal Medioevo fino al Settecento gli artigiani erano inquadrati nelle corporazioni - basti ricordare l'esempio di Venezia - che, tra l'altro, provvedevano anche a gestire la previdenza per gli iscritti. Ma non esisteva altro. Nel Settecento comparve la ricompensa da parte del sovrano nei confronti di chi lo aveva ben servito tutta la vita. Una concessione di grazia, non un diritto, che peccava di scarsa trasparenza, tanto che Jacques Necker, direttore generale delle finanze di Re Luigi XVI, mise queste pensioni sotto il controllo della Corte dei Conti. Con la Rivoluzione francese l'istituzione non scomparve, ma venne trasformata in un segno di gratitudine dello Stato. Per ottenerla si richiedevano dei requisiti: trent'anni di servizio e cinquant'anni di età. Poco prima (1781) in Lombardia, in cerca di consenso a scapito della nobiltà locale, gli Asburgo avevano concesso una pensione agli impiegati civili in età avanzata o divenuti inabili, purché avessero un'anzianità di lavoro di almeno dieci anni - era prevista anche la reversibilità a favore dei superstiti. Ancora prima (1772) il Regno di Sardegna aveva assegnato una pensione ai professori universitari con almeno quattordici anni di insegnamento e, in seguito, l'aveva concessa a tutti gli impiegati civili dopo quarantacinque anni di servizio o al compimento dei 75 anni, traguardo quasi irraggiungibile per quell'epoca. Disposizioni analoghe comparvero nel Granducato di Toscana, nel Regno delle due Sicilie, nello Stato Pontificio.

L'idea cardine era quella di premiare il fedele servitore dello Stato, mentre l'età contava poco; quella richiesta per la pensione di vecchiaia era talmente elevata per l'epoca da renderla un traguardo astratto, quasi lunare. Con l'Italia unita la normativa sulla pensione degli statali fu uniformata, più o meno, come tutte le altre leggi, su quella del precedente Regno di Sardegna.

In Germania nel 1889 Otto von Bismarck, per arginare l'agitazione degli operai che cresceva di pari passo con l'espansione industriale, introdusse il primo sistema pensionistico generale e obbligatorio di tipo moderno. La spesa veniva coperta con i versamenti dei lavoratori e dei datori di lavoro, cui si aggiungeva una quota integrativa dello Stato. In Italia, come abbiamo detto, una Cassa nazionale di previdenza per l'invalidità e la vecchiaia degli operai arrivò quasi dieci anni dopo, nel 1898, con la legge che stabilì il diritto alla pensione dopo 25 anni di contributi e il compimento dei 60 o 65 anni di età. L'iscrizione era, però, facoltativa. Apparentemente la Cassa era autonoma; in realtà il Consiglio di amministrazione veniva nominato con decreto reale e vi sedevano di diritto i rappresentanti di tre Ministeri: Agricoltura, Industria e Commercio, Tesoro e Poste e Telegrafi. Per finanziarla, oltre alla dotazione iniziale di dieci milioni di lire, la legge stabilì che le sarebbero stati devoluti in parte gli utili delle Casse postali di risparmio e dei depositi giudiziali e l'intero importo delle eredità vacanti passate allo Stato.

Il passo successivo avvenne nel 1919, quando la Cassa divenne obbligatoria, con un'età pensionabile fissata a 65 anni, per gli operai e gli impiegati dell'industria, dei commerci, dell'agricoltura, ma anche per i mezzadri e gli affittuari che avessero un reddito inferiore a 3600 lire. In sostanza con questa nuova legge, l'iscrizione arrivò a riguardare 11 milioni di persone, il 45% circa della popolazione italiana dell'epoca sopra i 15 anni di età - erano coperti entrambi i sessi. Ma a quei tempi arrivare a 65 anni era un privilegio di pochi: si trattava sostanzialmente di una pensione di invalidità, ma la legge ebbe comunque il merito di trasformare la vecchiaia in bisogno pubblico, anziché privato.

Nel dopoguerra prese corpo l'idea di una copertura pensionistica universale, che arrivò a compimento alla fine degli anni Cinquanta, analogamente a quanto avvenne in altri Paesi europei. Copertura che, con vari correttivi, è arrivata fino ai giorni nostri. Nel frattempo la condizione degli anziani è enormemente migliorata, la vita si è allungata, nella maggior parte dei casi in buona salute. Per evitare la decadenza, dunque, non basta più la pensione: quanto più aumentano il periodo del non lavoro e l'arco dell'esistenza da vivere, tanto più si pongono questioni immateriali inimmaginabili nel secolo scorso. È il problema del cosiddetto "invecchiamento attivo" di cui parleremo nei prossimi capitoli.

---

*Matteo Collura, *La Badante*, Longanesi, Milano, 2015.

PARTE PRIMA

i pregiudizi da sfatare

La VECCHIAIA è una MALATTIA inguaribile?

I pregiudizi, si sa, sono duri a morire. Mentre i media quasi ogni giorno ci ricordano che la vera rivoluzione in corso nella nostra epoca è l'allungamento della vita che ne cambierà le tappe, l'idea corrente è ancora quella, polverosa di un secolo, di una vecchiaia in costante e inarrestabile declino. Una decadenza che può essere attenuata con espedienti cosmetici, ma mai arrestata. Se si vuole rimanere giovani si deve insegnare al corpo a mentire, a sé e agli altri. «La vecchiaia è una malattia inguaribile» scriveva Seneca agli albori dell'epoca cristiana, «Senectus ipsa est morbus» sentenziava un secolo prima Terenzio che, ironia della sorte, morì giovanissimo nel 159 a.C. Due frasi celebri tramandate a noi dall'antichità che sembrano a tutti (o quasi) ancora attuali, come se contenessero una profonda verità. Eppure, come abbiamo visto, la durata della vita in epoca romana non superava i trent'anni, mentre oggi le cose sono molto diverse.

Evidentemente la nostra società vive male la vecchiaia; è come un paese straniero che non si vuole conoscere finché non si è costretti ad arrivarci. Ma chi vi approda entra in una categoria che oltre ad essere disprezzata, emarginata e messa a tacere, viene facilmente ridicolizzata. Tutto quello che invecchia (fuorché il vino) è svalutato: un libro o un film che non piace più si definisce "invecchiato". E che dire di come la pubblicità tratta gli anziani? Sono loro i primi a credere nella bontà di un nuovo prodotto, c'è sempre la signora anziana che raccomanda un detersivo straordinario o l'uomo in là con gli anni che compete col nipotino per accaparrarsi un prelibato cioccolatino o altre leccornie. L'informazione non è da meno: gli anziani fanno notizia quando vengono scippati, raggirati da falsi venditori, derubati dei risparmi da broker senza scrupoli e via dicendo. Come se, proprio perché anziani, fossero poco lucidi e quindi facili prede.

Quante volte abbiamo sentito la frase "quando si invecchia, si torna bambini"? Eppure i dati ci dicono che in Italia si arriva a settant'anni e oltre in ottime condizioni, sia fisiche che psichiche. Ciononostante impera ancora il conformismo dell'età. È pur vero che nella nostra cultura tutto sembra scandito dall'anagrafe, tanto da dettare regole. Si diventa maggiorenni a una certa età, si può guidare solo dopo i diciotto anni, ci sono l'età limite per la procreazione assistita e l'età della menopausa, l'età del pensionamento e quella del prepensionamento; persino per i cardinali c'è il limite degli ottant'anni, oltre il quale non accedono più al Conclave per l'elezione del Papa. Il messaggio dominante è che noi "siamo" la nostra età, quasi una condanna senza appello. Non a caso la domanda "quanti anni hai?" risulta sempre fastidiosa. In una realtà che si sta modificando a gran velocità, si pone, dunque, un nuovo problema: più la speranza di vita si allunga, più cresce il numero delle persone "fuori regola", che hanno settant'anni ma se ne sentono molti meno, non sono smemorate, vogliono vivere a pieno ritmo e, spesso (sacrilegio!) lavorare. Mandando in confusione la stessa Medicina, che ha scandito le sue competenze sull'età: dalla pediatria fino alla geriatria.

In Italia si arriva a settant'anni e oltre in ottime condizioni, sia fisiche che psichiche. Ciononostante impera ancora il conformismo dell'età, quasi una condanna senza appello.

Ma l'uomo si dà le regole e poi, fortunatamente, le infrange perché ha l'inarrestabile e straordinaria capacità di modificare la sua vita e il suo destino. E così le vecchie stagioni dell'esistenza hanno bisogno di essere un po' riscritte, certamente a favore degli anni d'argento. A conferma delle potenzialità della bistrattata terza età ci sono gli ormai classici studi pubblicati negli anni Cinquanta da Harvey C. Lehman, che rivelano quanta creatività ci sia negli anziani: i libri più influenti di settanta autori presi in esame dallo psicologo americano sono stati scritti in due picchi di età, fra i venticinque e i trent'anni e tra i sessanta e i sessantaquattro. Non solo: una buona parte della produzione dei grandi musicisti è stata concepita intorno ai settant'anni. Nella pittura, poi, la senilità sembra favorire risultati strabilianti. Qualche esempio? Michelangelo morì a ottantanove anni e continuò a scolpire fino alla fine; Tiziano dipinse anche in tardissima età, analogamente a quanto avrebbe fatto, secoli dopo, Pablo Picasso.

A ottant'anni Giuseppe Verdi, con il *Falstaff*, produsse un capolavoro. Benjamin Franklin aveva settantotto anni quando inventò le lenti bifocali, Goethe più di ottanta quando completò il *Faust*, pubblicato postumo. L'architetto americano Frank Lloyd Wright a settantadue anni progettò la sua famosa casa sulla cascata; George Bernard Shaw scrisse la sua ultima commedia ultraottantenne; Paola Borboni recitò fino a novantaquattro anni, Mario Monicelli girò in Libia (non a Cinecittà!) *Le rose del deserto* a novantun anni. Andrea Camilleri, il papà del commissario Montalbano, a novant'anni continua a scrivere racconti e romanzi. La coreografa americana Marta Graham ballò fino a settantasei anni, ma una volta abbandonata la danza, in preda alla depressione, cominciò a bere; smise solo quando, riorganizzata la compagnia, preparò dieci nuove coreografie: mise in scena il suo ultimo lavoro a novantasei anni. Il famoso chirurgo Umberto Veronesi, a sessantacinque anni lasciò l'Istituto dei tumori di Milano per fondare l'Istituto Europeo di Oncologia e tuttora, a novant'anni, sostiene che la sua giornata è scandita da un assillante *overbooking*.

Casi eccezionali? Mica tanto. Chi si è occupato del confronto della creatività fra le varie epoche della vita sostiene che nei campi in cui prevalgono regole e tecniche rigide, come il gioco degli scacchi e la matematica, è più facile avere risultati eccellenti da giovani, mentre nelle attività che richiedono l'integrazione di molte competenze diverse e una dose di esperienza del mondo, primeggiano le persone mature. Ad esempio la medicina, la storia, la filosofia, la psicologia, la narrativa e in generale tutte le discipline umanistiche. Ci si potrebbe chiedere allora se una vecchiaia "di successo" sia prerogativa soltanto delle classi agiate e colte, che sono in grado di mantenere intatti i propri interessi e il proprio potere. L'etnologo e antropologo francese Marc Augé sostiene che il rapporto con l'età rivela la disuguaglianza sociale e che, da questo punto di vista, l'unica soluzione sarebbe l'educazione di tutti, convinto che un certo patrimonio culturale conferisca una chance per vivere bene fino in tarda età. Considerazione interessante ma senza dubbio utopica, dietro la quale si nasconde un'altra verità emersa dalle ricerche delle neuroscienze, una branca relativamente nuova della neurologia - datata una ventina d'anni, poco più - che studia le funzioni cerebrali nel corso del loro svolgimento, grazie a nuove tecniche biochimiche e radiologiche.

Stando a questi studi, riesce a vivere la terza età in condizioni felici - se la felicità, oltre alla buona salute, è anche partecipazione, ruolo sociale e vita di relazione - chi ha utilizzato e continua a utilizzare al meglio il proprio cervello, che si rivela l'organo principe, l'architetto di una buona vecchiaia. Quella massa di circa cento miliardi di cellule che si nasconde dietro la nostra fronte è come un muscolo che funziona tanto meglio quanto più lo si allena, ma è anche più anarchica e imprevedibile di quanto si supponeva fino a poco tempo fa. In effetti, nessuno lo immaginava, ma recenti ricerche hanno rivelato che ciò che conserva l'integrità del cervello e ne migliora le funzioni non è solo l'impegno mentale, ma anche un'attività fisica motivata. Non è necessario, perciò, che diventiamo tutti intellettuali! Questo ha aperto la strada a un modo nuovo di vedere l'invecchiamento.

Le ultime SCOPERTE sul CERVELLO maturo

Ma come è possibile che il cervello della persona anziana abbia tanta elasticità e capacità di adattamento? Oggi sappiamo che è possibile grazie agli studi di questi ultimi vent'anni. Fino agli anni Cinquanta del secolo scorso, l'idea consolidata era che la nascita ci regalasse un certo "patrimonio" di cellule cerebrali, i neuroni, destinato a rimanere tale per tutta la vita; in assenza di ricambio cellulare, quindi, qualsiasi lesione subita non poteva essere riparata come avviene, ad esempio, in caso di ferite sulla pelle. Era un dogma: il destino del cervello, considerato immutabile, era il suo lento deterioramento fino alla morte. Basti pensare che perfino il padre della psicoanalisi Sigmund Freud e il grande psicologo e pedagogista Jean Piaget ritenevano che il completamento del cervello finisse con la maturità e nessun cambiamento fosse possibile in seguito, se non in senso di perdita.

Eppure l'esperienza sembrava contraddire questi tabù: i medici vedevano quotidianamente pazienti anziani colpiti da ictus, con perdita del movimento e spesso anche del linguaggio, riprendere le proprie funzioni anche solo parzialmente. Non potendo negare l'evidenza dei risultati ottenuti da medici, fisioterapisti, logopedisti e terapisti occupazionali, ci si chiedeva, senza trovare risposta, a quali trasformazioni andasse incontro il cervello e si azzardavano spiegazioni plausibili. Si dissertava di circuiti neuronici vicarianti o di *sprouting*, termine inglese con cui si indicava il germogliare lungo le cellule nervose di "bottoni" che ristabilivano i collegamenti perduti, ripristinando le funzioni.

A metà degli anni Sessanta, in realtà, l'americano Joseph Altman del Massachusetts Institute of Technology (MIT) aveva scoperto in una certa area cerebrale, l'ippocampo, luogo chiave della memoria in cui si creano i ricordi, dei neuroni "nuovi di zecca" ma, ahimè, nel cervello dei ratti. Niente dimostrava che quello umano si comportasse nello stesso mo-

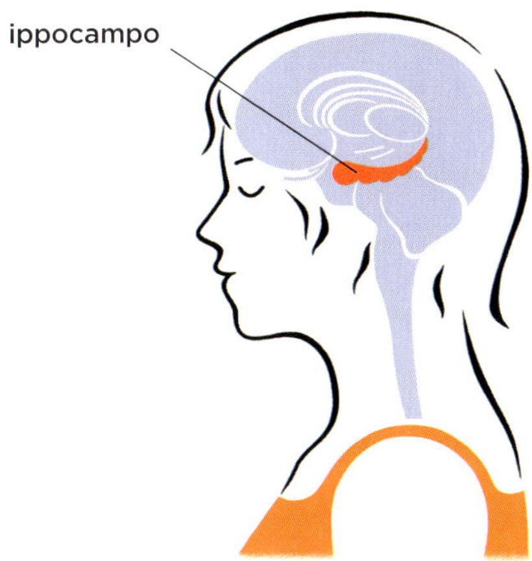

Qui accanto si vede uno spaccato della profondità del cervello, dove in rosso è evidenziato l'ippocampo. Si tratta di una piccola area cerebrale a forma di cavalluccio marino che svolge un ruolo cruciale nella formazione dei ricordi a lungo termine, tanto da essere definita "la scatola della memoria".

do. Anzi, il suo lavoro fu totalmente screditato perché contrastava l'idea, ancora radicata, di un cervello immutabile.

Nel 1998 avviene la svolta epocale: lo svedese Peter S. Eriksson dell'Università di Göteborg - in collaborazione con Fred Gage, del Salk Institute di La Jolla in California - pubblica sulla prestigiosa rivista *Nature Medicine* uno studio che rivela l'esistenza dello stesso fenomeno nell'uomo, proprio nell'ippocampo.

Come riuscì a dimostrarlo? Con uno stratagemma che vale la pena di raccontare. Casualmente, parlando con un oncologo, Eriksson venne a sapere che la sostanza che si iniettava nell'animale da esperimento per evidenziare i neuroni di nuova formazione, la bromodeossiuridina, veniva impiegata al Salk Institute in uno studio sperimentale sui malati terminali di tumore alla lingua e alla laringe, per monitorare la crescita delle cellule maligne. Perché non chiedere a questi pazienti il consenso di poter studiare il loro ippocampo, in caso di morte? La posta in gioco era alta: se davvero esisteva una rigenerazione dei neuroni, quelli nuovi sarebbero apparsi colorati. Alcuni malati diedero il consenso, ed Eriksson poté arrivare alla dimostrazione che la neurogenesi era una realtà anche nell'uomo, non solo nei topi.

A questo punto cominciò a farsi strada l'idea che la modificabilità cerebrale non fosse poi un concetto così assurdo. Nel 1999 un gruppo di scienziati dell'Università di Princeton, negli Stati Uniti, capeggiati da Elizabeth Gould dimostrò che nelle scimmie si possono formare nuovi neuroni anche nella corteccia cerebrale, la parte più nobile del cervello, dove si svolgono le funzioni cerebrali superiori: apprendimento, concentrazione, controllo emotivo, capacità riflessiva.

Ecco come si presenta un ambiente "arricchito" di stimoli dove i topi possono correre a piacimento: sul loro percorso sono stati messi una ruota, dei piccoli tubi, una scaletta, giocattoli. Si è visto che gli animali abituati a muoversi in questo "parco giochi" sviluppano un cervello più grande.

In questa stessa direzione giocarono un ruolo fondamentale i singolari esperimenti sui topi avviati negli anni Sessanta da una grande esperta di neuroanatomia, Marian Cleeves Diamond dell'Università di Berkeley, in California, che dimostrarono come l'ambiente modifica la struttura del cervello. La ricercatrice costruì una specie di parco giochi per topi, uno spazio pieno di giocattoli colorati e ampio abbastanza da permettere agli animali di correre e di interagire. Ci sistemò metà dei topi, lasciando l'altra metà nelle gabbie normali. Se si fossero verificati cambiamenti nel cervello dei topi inseriti in un ambiente ricco di stimoli, si sarebbe potuto ipotizzare che, in particolari condizioni, anche quello uma-

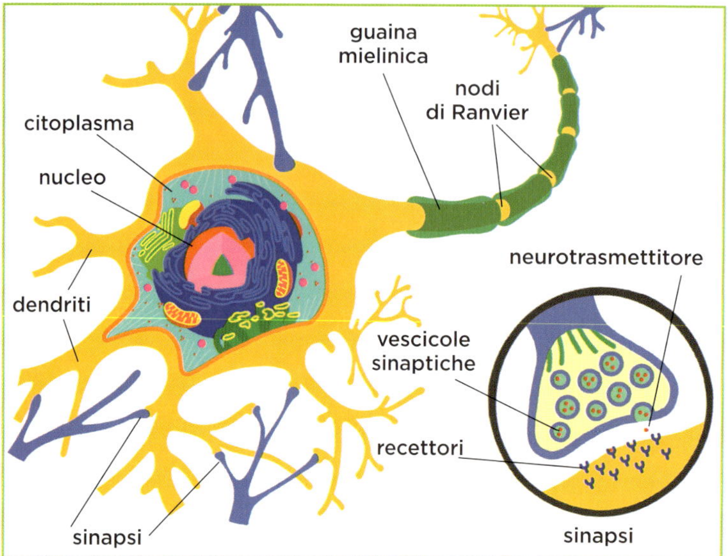

La struttura di un neurone: al centro, il nucleo e il citoplasma. In giallo, i dendriti, prolungamenti che si diramano dal suo corpo in cerca di quelli di altre cellule (in viola). In alto a destra, il robusto filamento, assone, che ricoperto di mielina (in verde), diventerà il nervo. Il punto di incontro fra i neuroni è la sinapsi (in basso a destra).

no registrasse gli stessi fenomeni. Ebbene, l'analisi del cervello degli animali rivelò che quelli allevati in mezzo ai giocattoli avevano sviluppato un cervello più grande e più ricco di vasi sanguigni; in dettaglio, si vide che le ramificazioni dei neuroni – in gergo tecnico, dendriti – erano cresciute di numero e si erano espanse verso altri neuroni, arricchendo lo scambio di informazioni tra queste cellule. Gli studi dimostrarono anche l'aumento delle connessioni sinaptiche, strutture submicroscopiche che permettono la comunicazione fra neuroni o con altre cellule assicurando le più svariate funzioni, siano queste la memoria, l'apprendimento, il linguaggio, il movimento, la sensibilità, le emozioni, la creatività. Un aumento di sinapsi significa anche livelli più elevati di neurotrasmettitori - messaggeri chimici che trasportano le informazioni tra i neuroni - come l'acetilcolina, da cui dipendono la memoria e l'apprendimento, la serotonina, la noradrenalina e la dopamina, determinanti per il tono dell'umore e l'interesse verso l'ambiente.

Questi studi rappresentarono un vero e proprio ribaltamento, per cui gli scienziati cominciarono a parlare di plasticità cerebrale, per indicare la capacità del cervello di reagire ai contesti fisici, psicologici, emotivi del mondo che lo circonda, modificando la sua struttura anatomica e funzionale.

I lavori della pioniera Diamond sono stati poi confermati da molti altri studi, che hanno potuto utilizzare metodi di indagine sofisticati, arrivando a dimostrare che il cervello umano ha la capacità di formare nuovi neuroni - la cosiddetta neurogenesi - a partire da cellule primordiali, eternamente giovani, dette staminali, annidate nelle sue strutture profonde. Uno degli studi più significativi in questa direzione, di una quindicina di anni fa, è quello di Eleanor Maguire, dell'University College di Londra, sui tassisti londinesi. Perché fare oggetto di ricerca proprio loro? Perché la complessità della rete urbana della capitale inglese, oltre venticinquemila strade, li obbliga a uno sforzo mnemonico considerevole che pare richieda fra i tre e i quattro anni di addestramento. Solo una piccola parte dei candidati supera l'esame che ammette alla guida dei famosi *black cabs* londinesi.

La ricercatrice irlandese ne ha studiato il cervello con la risonanza magnetica – tecnica che si avvale di forti campi magnetici e onde radio per produrre immagini molto precise del corpo – scoprendo, in effetti, che in loro è più sviluppata l'area posteriore dell'ippocampo, deputata alla memoria spaziale. E, dato non trascurabile, questa area è risultata ingrandita nei tassisti di ogni età, senza differenze di rilievo. Restava però il dubbio che i tassisti sottoposti all'esame avessero una predisposizione innata per ricordare i luoghi, che fossero cioè dotati di un ippocampo più grande fin dalla nascita, e non sviluppato in seguito a sforzo mnemonico, come si ipotizzava. Dubbio più che lecito, risolto da Eleanor Maguire e dal suo team con uno studio successivo. I tassisti sono stati sottoposti a risonanza all'inizio del corso di addestramento e alla fine. Con quale esito? Se l'ippocampo ai blocchi di partenza era uguale in tutti, alla fine risultava allargato solo nei promossi: una prova inconfutabile di plasticità cerebrale.

In seguito il metodo è stato utilizzato per capire che cosa avviene dentro la testa dei musicisti, dei ballerini, degli sportivi professionisti, dei piloti di Formula Uno. Scoprendo sempre la stessa cosa: l'ambiente, l'applicazione in certi campi o in altri, le esperienze della vita, ma anche l'attività fisica di un certo impegno, cambiano l'architettura del cervello. Suonate il pianoforte? La parte del cervello che rappresenta le funzioni motorie della mano cambierà. Giocate a bocce? Dipingete? Le aree cerebrali più coinvolte in queste azioni si amplieranno. Oggi sappiamo che bastano le piccole cose che impariamo ogni giorno, come il titolo di un film o il nome di una persona, per produrre micro-cambiamenti nel nostro cervello.

Le persone più in là con gli anni sono emotivamente meno fragili, sono meno colpite da stimoli emotivi negativi e reagiscono intensamente a quelli positivi.

È evidente che questi concetti hanno modificato profondamente anche le idee sul cervello della persona anziana, in qualche modo rivoluzionandole. Se è vero che il cervello di un adulto riesce a formare nuovi neuroni, cosa accade a quello di un settantenne? Secondo Gerd Kempermann dell'Università Humboldt di Berlino, che ha condotto studi in proposito sui topi nella seconda metà della loro vita, è la neurogenesi, ossia la formazione di nuove cellule nervose soprattutto a livello dell'ippocampo, il meccanismo che consente ottime performance mentali a molti anziani. Non solo, il fiorire di nuove connessioni fra i neuroni, che è uno dei meccanismi della plasticità cerebrale, raggiunge la massima espressione nell'ippocampo fra i cinquanta e i settanta anni.

C'è un terzo elemento. Si è visto che la maggiore capacità di controllo delle emozioni, tipica della persona matura, trova corrispondenza nelle funzioni cerebrali: come se le esperienze della vita le avessero plasmate, modificate. In effetti, ricerche condotte dalla psicologa californiana Mara Mather insieme a Turhan Canli dell'Università di New York hanno dimostrato che con il passare degli anni decresce l'attività dell'amigdala, una piccola area posta nella profondità dei due emisferi cerebrali che gestisce le sensazioni di paura in relazione alla più ampia varietà di avvenimenti. Gli individui più in là con gli anni, pertanto, sono emotivamente meno fragili: sono meno colpiti da stimoli emotivi negativi e tendono a non ricordarli, mentre reagiscono intensamente a quelli positivi. Questo mutamento trova riscontro all'interno del cervello.

Un altro aspetto della maturità, del tutto inatteso, è stato messo in evidenza utilizzando le tecniche più moderne di *imaging* del sistema nervoso: la risonanza magnetica funzionale – eseguita in un grande magnete, rileva le variazioni di flusso sanguigno correlate all'energia utilizzata dal cervello – e soprattutto la PET, tomografia a emissione di positroni. Con questa tecnica si somministrano per endovena sostanze normalmente presenti nell'organismo, come il glucosio, "marcate" con molecole radioattive così da poter individuare quali aree cerebrali lavorano in un dato momento – le cellule in attività consumano energia, ovvero glucosio. Il cervello, come molti altri organi, ha una struttura doppia: è dotato di un emisfero cerebrale destro e di uno sinistro connessi da un fascio di fibre molto robusto, che si chiama corpo calloso. Anche se esistono eccezioni, in linea di massima i due emisferi svolgono compiti diversi: il linguaggio, il ragionamento logico e quello matematico sono pertinenza del sinistro, mentre nella creatività artistica, nell'intelligenza intuitiva, nella comprensione spaziale predomina il destro. Un individuo normale, comunque, utilizza i due emisferi in modo armonico e coordinato, pur con queste prevalenze.

Nell'anziano che cosa accade? Gli studi con la PET hanno rivelato che quando si sale con gli anni si tende a utilizzare entrambi gli emisferi. La recente scoperta, il cui autore principale è Roberto Cabeza, del Centro di Neuroscienze Cognitive della Duke University, apre non pochi interrogativi: si tratta del disperato tentativo di un cervello in declino di stare al passo con le richieste dell'ambiente o è piuttosto un fenomeno positivo, per cui il cervello maturo utilizza al meglio la materia grigia di cui dispone? Cabeza ha cercato una risposta sottoponendo a test di memoria tre gruppi di individui: il primo composto da soggetti giovani, il secondo da anziani che mostravano lacune nella capacità di ricordare, il terzo da persone in là con gli anni con un'ottima memoria. Che cosa è emerso? Che questi ultimi utilizzavano entrambi gli emisferi, a differenza degli altri due. In pratica, il "mettere in gioco" l'intero cervello è la strategia che consente agli anziani di mantenere integra la loro scatola di ricordi, contrastandone il declino, che colpisce invece chi continua a utilizzare un solo emisfero.

Un'altra conferma di questo doppio lavoro nel cervello viene da studi recenti, realizzati ancora da Eleanor Maguire insieme a Chris Frith dell'Istituto di Neurologia dell'University College di Londra: per richiamare alla mente avvenimenti della propria esistenza, i giovani utilizzano soltanto l'ippocampo dell'emisfero sinistro, mentre le persone mature ricorrono contemporaneamente ad entrambi. Un esempio formidabile di plasticità cerebrale di cui ancora oggi non conosciamo i meccanismi interni, perché anche la ricerca, purtroppo, soffre dei suoi conformismi.

Come si è già detto, fino a pochi anni fa il cervello della persona anziana sana non è stato praticamente studiato, perché si dava per scontato che fosse uguale a quello di un adulto, con una progressiva perdita di efficienza; si è lavorato moltissimo, invece, su quello "malato", soprattutto in riferimento all'Alzheimer, alle demenze senili in genere e al Morbo di Parkinson, sulla spinta dei grandi interessi economici delle case farmaceutiche, in cerca di cure capaci di guarire o mitigare queste malattie. Le tecniche più recenti di indagine, invece, hanno aperto un nuovo mondo e nuove prospettive, davvero esaltanti. Ci muoviamo su un terreno in gran parte ancora sconosciuto.

RIEPILOGANDO...

- **Fino a non molti anni fa si pensava che i neuroni, le cellule che compongono la materia grigia del cervello, non si rigenerassero nel corso della vita. Poi si è scoperto che, in risposta a stimoli ambientali di vario tipo, possono formarsi nuovi neuroni e possono aumentare le connessioni fra di essi.**

- **Questa scoperta prende il nome di "plasticità cerebrale": il cervello modifica la sua architettura in seguito agli stimoli che gli arrivano dall'ambiente esterno.**

- **Un esempio è l'ippocampo, un'area del cervello fondamentale per la memoria, che si ingrandisce quando ci si impegna in un lavoro mentale. Come succede ai tassisti londinesi alle prese con le oltre venticinquemila strade della città da memorizzare.**

- **È questa plasticità cerebrale a consentire ottime performance intellettuali anche in tarda età, contrariamente all'idea corrente che in vecchiaia il declino mentale sia ineluttabile: si formano nuovi neuroni e nuove connessioni.**

- **Quando si sale con gli anni, si tende a impiegare entrambi gli emisferi cerebrali, mentre in gioventù si utilizza soprattutto il destro per certi compiti, specialmente quelli creativi, e il sinistro per altri, come il ragionamento logico. Questo uso simultaneo è un importante meccanismo di compenso che consente agli anziani di mantenere intatte le proprie capacità intellettuali.**

L'IMPORTANZA dell'allenamento MENTALE

Da scienziato di livello internazionale a protagonista di un videogioco per sessantenni che nell'arco di dieci anni ha venduto miliardi di copie. È Ryuta Kawashima, dell'Università di Tohoku a Sendai, in Giappone, il primo ad aver avuto l'idea di trasferire sul piano commerciale gli esperimenti di potenziamento della memoria su cui ha lavorato per anni, all'inizio all'Istituto Karolinska di Stoccolma. L'azienda giapponese Nintendo, reclutandolo nel 2004, ha fatto la sua parte e il videogioco con la "faccetta" di Kawashima, che comprende esercizi di calcolo, memorizzazione di parole e brani da leggere a voce alta, ha avuto un grande successo, soprattutto in Giappone e in America. Successo che scaturisce anche dall'idea intrigante di un test preliminare che valuta l'età del cervello e di uno successivo al training che rivela il miglioramento ottenuto. Ma il mercato dei software anti-aging non si è fermato al dottor Kawashima: ne esistono molti altri pubblicizzati e venduti da siti Internet come *Braintrainer.com* e l'evocativo *Happy.neuron.com*. Una ditta californiana, la *Posit Science* di

San Francisco, è riuscita a piazzare i suoi programmi di *brain fitness* da 350 euro ciascuno perfino nelle case di riposo. Un bel giro di affari destinato, stando ai sondaggi di mercato, a un'ascesa inarrestabile. Si vuol vendere l'idea che sia possibile ringiovanire i neuroni e gli annessi circuiti cerebrali con esercizi mirati al computer o con videogiochi, purché vengano eseguiti con regolarità. Un'idea abbastanza grossolana, nonostante Kawashima sia uno scienziato di livello.

La sua fortuna iniziò con uno studio serissimo finanziato con 500 mila dollari dall'Agenzia giapponese per la scienza e la tecnologia: grazie alla risonanza magnetica funzionale - eseguita in un grande magnete, rileva le variazioni di flusso sanguigno correlate all'energia utilizzata dal cervello - dimostrò come il calcolo veloce di alcune somme e la lettura a voce alta facciano aumentare il flusso di sangue alla corteccia prefrontale, area critica che integra una grande varietà di messaggi provenienti da zone del cervello fondamentali per le funzioni intellettuali. Il maggior afflusso di sangue attiverebbe le cellule, migliorando il funzionamento del cervello. Sulla scorta di questa convinzione, Kawashima selezionò, testandoli su un gruppo di volontari dai venti ai settant'anni, i quindici esercizi più efficaci nel potenziare l'irrorazione di quest'area della corteccia. Poi calcolò un punteggio per ogni esercizio e da qui nacque il *Brain Age*, il gioco che lo ha reso famoso in tutto il mondo. Se la base scientifica è seria, l'impiego commerciale, però, non regge: la maggior parte degli addetti ai lavori, pur riconoscendo che tenere allenato il cervello è un ottimo antidoto al suo decadimento, non crede che giochi standardizzati, validi per tutti, abbiano una qualche utilità. Anzi, se-

Per mantenere il cervello allenato bisogna puntare su interessi e attitudini strettamente legati alla storia personale dell'individuo.

condo Pietro Pietrini, neuroscienziato dell'Università di Pisa, il fatto che un certo compito attivi un'area cerebrale, anziché dimostrare che quest'ultima funziona meglio, può segnalare il suo affaticamento. Secondo Dorothy Bishop, sua collega dell'Università di Oxford, in Gran Bretagna, tenere in esercizio la mente serve, ma la *brain fitness* computerizzata fa bene solo a chi la vende. Viceversa, qualcuno crede che questi videogiochi siano un terreno di ricerca interessante. Ne è convinto Michael Merzenich, dell'Università della California a San Francisco, ma anche direttore scientifico della *Posit Science* (la cosa suscita non pochi sospetti), che ha pubblicato una ricerca in cui si dimostra l'efficacia dei giochi anti-aging su persone oltre i sessant'anni.

In realtà, l'unico studio che ha aggiunto un risultato significativo in questo campo è uscito dieci anni fa sulla rivista dell'associazione dei medici americani, *Jama* (acronimo di *Journal of American Medical Association*), che ha preso in considerazione più di 2.800 persone sopra i sessantacinque anni residenti in case di riposo. Di queste una metà si è sottoposta per molte ore al giorno a un training intensivo di esercizi per potenziare la memoria e l'agilità mentale per cinque settimane; l'altra metà non ha fatto niente. Gli individui del primo gruppo alla fine dell'esperimento dimostravano un'abilità decisamente superiore nello svolgere compiti complessi rispetto a chi non si era esercitato, ma soprattutto il miglioramento reggeva a distanza di cinque anni. Con quali conseguenze nella vita di tutti i giorni? Le persone allenate mentalmente avevano ritrovato la capacità di prepararsi un pasto o di fare autonomamente cose che sembravano aver dimenticato, anche solo parlare al telefono. Tenere in esercizio il cervello senz'altro serve: secondo recenti ricerche chi si dedica ad attività che richiedono molta concentrazione, come studiare uno strumento musicale, leggere o ballare, è meno a rischio di demenza. Ma mantenere il cervello allenato con un gioco al computer sembra una strategia semplicistica, anche perché non basta sollecitare la memoria – la *learning memory* degli americani –, bisogna puntare su interessi e attitudini strettamente legati alla storia personale dell'individuo.

Come abbiamo imparato dai "grandi vecchi", pittori, scrittori, artisti che hanno lavorato fino a tarda età, l'allenamento mentale che funziona ha a che fare con la creatività. Parola magica, ma soprattutto terreno quasi inesplorato se il soggetto ha più di sessant'anni, e oggetto di molti pregiudizi. Il più banale? Il non trovare subito le parole, fenomeno peraltro frequente, viene interpretato come segno di decadenza, mentre si è visto che il vocabolario di un anziano è più ricco di quello di un trentenne e i suoi processi mentali hanno una maggiore capacità dialettica e una visione più sistematica, che punta all'insieme piuttosto che al particolare. È quello che è stato definito il "pensiero post formale" che si sviluppa soltanto a partire da una certa epoca della vita; una riedizione (forse) in chiave contemporanea della saggezza degli antichi. Nelle persone giovani il modo di ragionare è prevalentemente astratto, sull'onda della necessità di organizzare, in un sistema di regole, conoscenze ed esperienze sempre più numerose (viene definito pensiero logico-formale). Andando avanti con gli anni prevale un pensiero più flessibile e intuitivo. L'adulto arriva alla consapevolezza della natura relativistica, quindi non assoluta, della conoscenza; accetta le contraddizioni e le ambiguità della realtà e più che cercare principi generali da applicare in ogni circostanza, riesce a far convivere e a integrare punti di vista opposti sulla base di esperienze contingenti. È proprio il "pensiero post formale" che l'adulto acquisisce e rafforza con l'invecchiamento. L'anziano riconosce la molteplicità dei punti di vista, sa che la sua interpretazione della realtà è una fra le tante e che la realtà stessa è in continuo mutamento; in sostanza, nonostante i luoghi comuni, giunge a un affinamento delle sue capacità mentali. Non a caso, a uno studio attento, ci si è accorti che alcune funzioni cerebrali, soprattutto l'intelligenza, hanno negli ultrasessantenni un quadro variegato e sorprendentemente stabile: la tendenza all'autosvalutazione indotta dal contesto sociale produce un'ansia che spesso maschera quest'integrità, che trova invece solide basi nelle neuroscienze. Una lunga esperienza di vita aumenta il carico d'informazioni nel cervello, creando nuovi circuiti cerebrali, nuove emozioni e fatiche.

In pratica, che cosa significa l'allenamento mentale per chi ha superato le sessanta primavere? Che cosa si dovrebbe fare? Erich Fromm, psicanalista e sociologo tedesco, scomparso nel 1980, affermava: «Essere creativo significa considerare l'intero processo della vita come una crescita continua, e non considerare ogni stadio come se fosse quello finale». E Gene Cohen, uno dei pionieri della psichiatria geriatrica, sosteneva che l'unico vero allenamento mentale è la curiosità, la voglia di sperimentare e vivere nuove esperienze. Meraviglia il fatto che l'avesse già capito Solone, il grande legislatore ateniese nel lontano 600 a.C., che affermava: «Invecchio e qualcosa di nuovo imparo sempre».

Oggi la maggior parte delle persone vive il pensionamento come una liberazione da un impegno logorante, ormai noioso e ripetitivo. Una nuova libertà che, alla luce di quanto abbiamo detto sulla plasticità del cervello, deve però essere riempita di cose da fare e da imparare. Altrimenti può rivelarsi un'arma a doppio taglio. In questo senso, l'esperimento delle università della Terza Età si è rivelato un successo; qualcuno lo ha definito un vero *jogging* cerebrale.

La prima università nacque a Torino nel 1975 ad opera di un gruppo di volontari che aveva intuito come una proposta educativa e formativa poteva rispondere al bisogno di nuovi spazi e ragioni di vita per tanti pensionati, riempiendo di contenuti il loro tempo e sanando l'ingiustizia di chi non aveva potuto accedere all'istruzione superiore in giovinezza. All'epoca non esistevano modelli di riferimento: proposte simili erano in cantiere in altri Paesi, ma l'unica ini-

Oggi la maggior parte delle persone vive il pensionamento come una nuova libertà, che deve però essere riempita di cose da fare e da imparare.

ziativa avviata era quella di Tolosa, nata nel 1973. Si trattava di un vero e proprio esperimento come sottolinea Irma Maria Re, Presidente onorario di Unitre, la rete di università della Terza Età presente su tutto il territorio nazionale con 260 sedi. In *Il dialogo tra le generazioni. Formazione e comunicazione oltre le frontiere*, a cura di Anna Cugno, afferma: «Unitre può essere paragonato all'impegno dei pionieri che con i loro carri, armati di speranza e contando quasi esclusivamente sulle loro capacità, hanno colonizzato il nuovo mondo, spostando sempre più avanti la frontiera del conosciuto e con essa la diffusione di una cultura innovativa».

A quell'epoca l'idea che un anziano tornasse sui banchi di scuola per suo piacere pareva, come minimo, una stramberia. Ma questo manipolo di volontari voleva «smantellare quel retaggio culturale di stereotipi che bollano come "illegittimo" e inappropriato qualsiasi investimento che esuli da un programma di progressivo disimpegno o non improntato alla centralità del "meritato riposo"» racconta, ancora, Maria Re. In quegli anni, all'anziano, emarginato per definizione in quanto ex-lavoratore, si concedeva al massimo di essere fruitore passivo di opportunità in campo ludico-ricreativo. Il nuovo scenario offerto da queste nascenti università – dopo Torino, Firenze e poi molte altre – puntava a una valorizzazione culturale della vecchiaia, pianeta sconosciuto all'epoca, e inevitabilmente incontrò resistenze: non sembrava possibile che la formazione necessaria per stare al passo con i tempi potesse riguardare anche gli ultrasessantenni. E non mancarono le accuse di voler rinchiudere gli anziani in un ghetto.

Queste istituzioni nel giro di pochi anni si sono affermate un po' ovunque: oltre all'Unitre, oggi esistono la Federuni, che ha cento sedi ed è presente soprattutto in Veneto e in Puglia, ma ha diramazioni in tutta Italia; la rete delle 453 Università Popolari e circoli culturali dell'Auser, l'Associazione per l'invecchiamento attivo; l'Università della Terza Età e del tempo disponibile di Trento (Utetd), con 78 sedi nella regione e una presenza femminile che arriva all'80%, e altre ancora.

Una quota consistente di questi circoli si trova in comuni di dimensioni medio-piccole, dove ha colmato un vuoto di attività creative e culturali. Visto il successo, nel 1982 è nata l'Associazione delle università della Terza Età che in seguito si è dotata anche di un sito internet (www.unitre.net) che incoraggia alla dimestichezza con l'informatica, materia di insegnamento giustamente valorizzata. Per gli studenti over 60 l'offerta formativa è varia: dalla storia dell'arte all'archeologia, alle arti figurative, dagli studi storici e filosofici allo spettacolo e alla musica, dalla psicologia alla tecnologia, fino allo sport e al *decoupage*. Senza dimenticare, naturalmente, le lingue con corsi articolati su vari livelli a seconda del grado di conoscenza. Quali sono le materie più richieste? Da un'indagine dell'Auser sulle sue Università Popolari emerge che i corsi più in voga sono quelli di lingue (presenti nel 52% delle università considerate), di informatica (52%), d'arte (51%) e di temi collegati alla salute (47%). Sul fronte opposto, si pongono le lezioni di economia (22%), di politica (29%), di decorazioni e pittura (rispettivamente, 29% e 35%).

Gestite da associazioni, la maggior parte di queste università ha linee comuni, ma ognuna è autonoma nell'organizzazione dei corsi e nei programmi. Tutte le attività sono all'insegna di un impegno solidaristico e senza scopo di lucro: il lavoro degli insegnanti, docenti universitari e professori delle scuole superiori, professionisti ed esperti delle varie discipline, è a titolo gratuito come quello dei coordinatori e degli assistenti ai corsi. Ma chi sono esattamente gli alunni? A questo proposito è illuminante un'indagine dell'Università della Terza Età di Vicenza che ne ha delineato il profilo. Il primo dato è che non si tratta di persone sfaccendate che cercano un modo di occupare il tempo: l'81% delle donne dice di essere impegnata nell'attività domestica, il 57% degli uomini nella coltivazione dell'orto o in altri servizi. Buona parte di loro si preoccupa di fare movimento (il 69,92%) e una certa percentuale si dedica al volontariato (il 25%).

In più della metà degli iscritti alle università della Terza Età emerge il gusto di dedicarsi alla creazione di qualcosa di nuovo, che si tratti di poesia, pittura o di un lavoro artigianale.

Dalla ricerca emerge un dato sorprendente: in un Paese come l'Italia dove la lettura di libri e giornali è piacere di pochi, l'80,14% degli "alunni" di Vicenza legge libri e il 75,34 si prepara dal punto di vista culturale ai viaggi. Alla base c'è in tutti un certo ottimismo nell'affrontare le difficoltà (71,63%) ed è interessante osservare come quest'ultimo dato aumenti del 18,79% con la frequenza all'università. In più della metà dei corsisti emerge il gusto di dedicarsi alla creazione di qualcosa di nuovo, che si tratti di poesia, pittura o lavoro artigianale:

le mostre e i saggi di arte teatrale alla fine dei corsi rivelano uno sviluppo, talvolta prodigioso, della creatività fra chi li ha frequentati.

Dunque il miglior allenamento mentale è lo studio, l'impegno intellettuale? Probabilmente sì, se si accompagna a passione, interesse, e, come abbiamo detto, curiosità. Non a caso, sono proprio le donne, che spesso hanno passato la vita ad occuparsi della casa e dei figli – ancora oggi in Italia metà delle famiglie è monoreddito – le grandi frequentatrici dell'università della Terza Età tanto da rappresentare un inaspettato 40%. Altrimenti il loro destino di accudimento va avanti all'infinito: prima i figli e il marito, poi ovviamente i nipoti, quasi un obbligo. L'uomo ha invece più chance, ci sono sessantenni che dopo la pensione aprono partita Iva e ricominciano a lavorare. Sempre meno, purtroppo, vista la morsa della crisi: in Italia abbiamo la maggior percentuale di ultrasessantenni d'Europa, ma paradossalmente anche uno dei tassi di occupazione più bassi di lavoratori anziani.

Singolare a questo proposito l'iniziativa, tutta milanese, dell'associazione *Nestore* (dal nome dell'anziano dell'*Iliade*) avviata nel 1998 da un gruppo di persone di formazione olivettiana, per trasferire nel nostro Paese un'esperienza nata nel Nord Europa. L'intento dell'associazione è quello di aiutare chi è appena andato in pensione, o sta per andarci, a riprogettare l'esistenza. Gli "studenti" lavorano sulla memoria, imparano a programmare le giornate, esplorano le proprie capacità d'impegno.

La vecchiaia è il tempo in cui si devono ammainare le vele, ma ciò non significa che sia venuto il momento di lasciarsi andare alla deriva. Il violoncellista Pablo Casals aveva novantun anni quando venne avvicinato da uno studente che gli chiese: «Maestro, perché continuate a esercitarvi?». Lui rispose: «Perché sto facendo progressi».

RIEPILOGANDO...

- L'esercizio mentale mantiene in forma il cervello: secondo gli studi più recenti, chi si dedica ad attività che richiedono molta concentrazione è meno a rischio si demenza.
- Fra queste attività ricordiamo lo studio di uno strumento musicale, leggere, dipingere, ballare. Non ci sono, invece, prove che siano di qualche utilità i giochi al computer oggi in commercio come Brain Age.
- L'allenamento mentale più efficace è la curiosità di sperimentare esperienze nuove, di sapere cose nuove, di mettersi in gioco in campi diversi da quelli a noi abituali.
- In questa direzione si è rivelato un successo l'esperimento delle università della Terza Età, iniziato a Torino nel 1975. Oggi queste istituzioni, senza scopo di lucro, sono tante: Unitre, Federuni, Università popolari e altre.
- L'offerta formativa è estremamente varia: dalla storia dell'arte all'archeologia, dagli studi storici alla filosofia, dalla musica alle lingue, dalla pittura al decoupage fino ai corsi di informatica.

L'ineluttabile DECADENZA FISICA

"Ti accorgi che stai invecchiando quando i colpi della strega iniziano a superare quelli di fulmine" recita un vecchio proverbio, mai passato di moda: l'idea di vecchiaia dominante nella nostra società è quella della decadenza fisica. Come uno spettro, ci aspetta alla soglia dei cinquant'anni, ha i suoi segni premonitori e i suoi organi bersaglio nella vista, l'udito, le ossa, la pelle. Nessuno sfugge, nonostante che, come abbiamo detto, i settantenni di oggi siano molto diversi da quelli di vent'anni fa e immensamente diversi da quelli di un secolo fa. Nell'Ottocento tutte le donne, anche quelle aristocratiche, già a cinquant'anni cominciavano a vestirsi di nero, quasi a segnalare a se stesse e agli altri che era arrivato il tempo del declino e dell'emarginazione sociale. Una visione negativa che la medicina moderna ha fatto propria, enfatizzando come inevitabile un invecchiamento "potenzialmente" patologico. Dopo i sessant'anni nessuno può dichiararsi sano, tutti siamo a rischio di qualche patologia, e chi si tiene alla larga dai dottori è destinato a una morte prematura: il corpo si deteriora progressivamente e compaiono i problemi. Il nostro orologio biologico non mente e non fa sconti. In questa visione della vecchiaia come anticamera di malattia, l'anziano diventa il bersaglio principale dei check-up, i "tagliandi di salute" periodici: l'uomo deve fare l'esame del Psa (l'antigene prostatico specifico) per verificare lo stato di salute della prostata anche se non ha alcun sintomo di ipertrofia, l'Holter pressorio – il monitoraggio dei valori della pressione nelle ventiquattro ore con un apparecchio portatile – diventa necessario al primo capriccio della pressione, i controlli continui del colesterolo e dei trigliceridi sono la regola, risonanze magnetiche e Tac non vengono risparmiate a nessuno, tantomeno a chi è in là con gli anni, alla comparsa di un minimo impaccio o "dolorino" al ginocchio, alla spalla o alla schiena. Ma la donna che invecchia ha una dose aggiuntiva di test da fare: deve sottoporsi periodicamente a esami per valutare la densità ossea – l'osteoporosi è sempre in agguato! – a visite ginecologiche, senologiche e mammografie.

L'idea, che ha trionfato a partire dagli anni Sessanta e che solo adesso viene messa un po' in discussione, è che la menopausa sia una disfatta fisica con mille patologie in agguato e che la terapia ormonale sostitutiva sia l'antidoto a tutti i mali e un elisir di giovinezza – tesi centrale sostenuta nel best seller che circolò con grande successo in quegli anni, anche in Italia, intitolato *Feminine Forever (Donna per sempre)*. L'euforia è stata pesantemente ridimensionata dai tanti studi che ne hanno rivelato gli insidiosi rischi cancerogeni: i toni si sono abbassati e la terapia ormai viaggia in sordina, anche se non è stata messa al bando (troppi gli interessi economici in gioco). Non è cambiata, purtroppo, l'idea che la menopausa e la post menopausa siano una malattia. Insomma, su chi avanza negli anni la nostra medicina proietta, per definizione, una speranza di salute prossima allo zero.

Scriveva Ivan Illich, storico e filosofo austriaco, in *Nemesi Medica* (1976), con una straordinaria preveggenza: «Durante le ultime generazioni, il monopolio medico sulla cura della salute si è sviluppato senza freni usurpando la nostra libertà nei confronti del nostro corpo. La società ha trasferito ai medici il diritto esclusivo di stabilire che cosa è malattia, chi è e può diventare malato e che cosa occorre fargli». Una domanda a questo punto sorge spontanea: l'enorme bagaglio di "prevenzione secondaria", ossia la diagnosi precoce delle malattie, che il sapere medico ha costruito nell'arco di quarant'anni, arrivando oggi a mandare in crisi il Sistema Sanitario per gli enormi costi sostenuti, ha basi scientifiche? È giustificato da ricerche e studi?

Epidemiologi, oncologi, chirurghi e clinici medici di tutto il mondo hanno dedicato anni di lavoro (e di dubbi) agli screening preventivi e tuttora molti di questi esami sono oggetto di un acceso dibattito fra sostenitori e scettici. Come ben sottolinea un epidemiologo di fama internazionale, Paolo Vineis, in *Prima della Malattia*: «Il caso del colesterolo è emblematico: benché molti degli studi condotti siano positivi, mostrino un'associazione tra il livello del colesterolo nel sangue e mortalità per malattie cardiovascolari, (per esempio, da un'analisi di diciannove sperimentazioni cliniche controllate risulta che a una riduzione dell'1% del livello di colesterolo corrisponde un calo nell'incidenza dell'infarto del 2,5%), non vi sono prove definitive dell'efficacia di un'attività di screening sistematico per l'ipercolesterolemia. Alcuni ricercatori sostengono anzi che si è creato un "mito" del colesterolo dovuto alla maggiore facilità che hanno gli studi positivi di essere pubblicati rispetto a quelli che non mostrano un'associazione». E non pochi dubbi sorgono sulla reale efficacia di ecografie, gastroscopie, Tac, spirali prescritte a pioggia alla popolazione anziana sana solo per un sospetto o un minimo disturbo. D'altro canto, niente dimostra che tutti questi accertamenti abbiano un peso sull'aspettativa di vita; in altri termini, la diagnosi precoce non si traduce automaticamente nell'allungamento dell'esistenza o, almeno, non ci sono prove certe che questo avvenga. Basta l'esempio della prostata, come spiega Giorgio Dobrilla in *Solo Scienza e coscienza?*: «In realtà non c'è finora una prova definitiva che diagnosticare precocemente il cancro prostatico grazie al PSA serva a prolungare la sopravvivenza dei soggetti interessati, mentre è accertato che un'eccessiva attenzione alle oscillazioni di questo test aumenta sensibilmente la loro ansia e peggiora la loro qualità di vita».

La diagnosi precoce non si traduce automaticamente nell'allungamento dell'esistenza o, almeno, non ci sono prove certe che questo avvenga.

Su questo abuso di esami giocano un ruolo importante gli interessi economici. Di chi? Delle ditte che producono i test, delle aziende farmaceutiche che così riescono a vendere farmaci anche ai sani – basta pensare agli antidolorifici per l'artrite o ai preparati per abbassare il colesterolo –, degli ospedali privati convenzionati che erogano servizi diagnostici e vedono aumentare il giro di lavoro degli interventi. Una situazione allarmante che negli Stati Uniti, a partire dal 1992, è stata definita con l'espressione *disease mongering*, letteralmente "commercializzazione delle malattie", che di fatto indica le patologie inventate o gonfiate.

Esistono meccanismi ancora più sottili di "medicalizzazione" dell'esistenza: la storia recente ci insegna che agendo sui parametri che stabiliscono il confine tra normalità e malattia, si riesce a far diventare bisognoso di cure anche chi sta benissimo. Ne sono stati esempio recente i tentativi delle case farmaceutiche, grazie alla complicità di medici attratti dal denaro - sconfessati, poi, dalla comunità scientifica sana - di abbassare il valore soglia dell'ipertensione, così da far cadere nella rete della patologia e, quindi, del farmaco, soggetti con valori della pressione compatibili con la norma. Che dire poi delle pillole per l'ansia e la depressione, dispensate con grande generosità a tutti, ma agli anziani con implacabile, sistematica, regolarità? Da una denuncia del *British Medical Journal*, autorevole rivista medica inglese, è emerso che il 74% degli esperti che ha compilato il DSM-5, l'ultima edizione del manuale diagnostico per i disturbi mentali pubblicato in Italia nel 2014 - una sorta di "bibbia" per chi opera sul campo - aveva consulenze in corso con le multinazionali che producono psicofarmaci. Possiamo aggiungere altri esempi di "ordinaria follia": gli interventi ortopedici o microchirurgici per l'ernia del disco e le discopatie in genere, quando ne è ormai dimostrata l'inutilità; i farmaci per l'osteoporosi, inefficaci quanto gravati da pesanti effetti collaterali, e quelli per il reflusso gastroesofageo, dati a pioggia agli over 65.

In questo panorama, non c'è da meravigliarsi se la persona alla soglia dei sessantacinque anni, in preda alla paura, introietta un modello negativo di sé, delle proprie capacità, della propria salute e del proprio futuro. Come ha evidenziato il sociologo statunitense Charles Horton Cooley, all'inizio del secolo scorso, sviluppando il concetto del *looking glass self*. Che cosa significa? Che le attitudini degli altri nei confronti di un individuo diventano lo specchio nel quale una persona vede se stessa, uno specchio di tale forza da influenzarne i comportamenti. L'anziano si percepisce tanto più fragile e in declino quanto più chi lo circonda, medici compresi, lo vede tale. È un condizionamento forte, frutto di una visione negativa della vecchiaia, epoca della vita in cui si ritiene che molte cose non si possano più fare, un certo tipo di attività fisica, un lavoro a ritmo sostenuto, un'intensa vita mondana. Ancora oggi la vecchiaia è costellata di rinunce, divieti, farmaci e ambulatori medici. Non deve meravigliare, perciò, che la spesa sanitaria in Italia per le patologie degli over 65, reali e supposte, sia lievitata oltre misura, tanto che gli stessi addetti ai lavori la definiscono incontrollata.

È ora di cambiare passo. Non è un caso che di recente negli Stati Uniti, i *National Institutes of Health*, agenzie di finanziamento pubblico della ricerca, abbiano lanciato un programma per studiare l'invecchiamento sano, inaugurando un nuovo terreno di studi, la Geroscienza. È il segnale di un mutamento. Nella direzione di un copione sociale della vecchiaia da riscrivere, colpisce quanto scrive Ivan Illich: «Godere buona salute significa non soltanto riuscire a fronteggiare la realtà, ma anche gioire di questa riuscita; significa essere capaci di sentirsi vivi nel piacere e nel dolore; significa aver caro, ma anche arrischiarsi di sopravvivere. La salute e la sofferenza come sensazioni vissute e consapevoli, sono fenomeni propri degli uomini».

RIEPILOGANDO...

Quali esami sono utili, superati i 65 anni, ai fini della prevenzione o soltanto per confermare un buono stato di salute?

Una volta l'anno gli esami del sangue:

- Emocromo (numero di globuli rossi, globuli bianchi e piastrine);
- Sideremia (livello di ferro nel sangue);
- Azotemia (concentrazione dell'azoto nel sangue, spia della funzionalità renale);
- Creatininemia (livello di creatinina nel sangue, spia della funzionalità renale);
- Elettroliti (livelli di sodio, potassio, cloruro e calcio nel sangue);
- Glicemia (tasso di zuccheri nel sangue);
- Colesterolo totale e frazionato (quantità di colesterolo nel sangue);
- Trigliceridi (quantità di trigliceridi nel sangue);
- Proteine totali e frazionate (analisi delle proteine presenti nel sangue);
- Fibrinogeno (livelli nel sangue di questa proteina fondamentale per la coagulazione);
- VES (velocità di eritrosedimentazione, spia di un processo infiammatorio);
- PCR (proteina C reattiva, spia di un processo infiammatorio); PSA (nell'uomo, spia di un eventuale tumore alla prostata); TSH (l'ormone che regola il funzionamento della tiroide); Dosaggio Vitamina D.

Ogni due anni un Elettrocardiogramma e un Ecocardiogramma.

Ogni tre anni un Ecodoppler delle arterie carotidi e delle arterie vertebrali, per verificare le condizioni dei vasi che riforniscono di sangue la circolazione cerebrale.

L'esercizio FISICO allena la MENTE

Nell'arco degli ultimi quindici anni la ricerca scientifica ha scoperto che dopo una certa età l'attività fisica, oltre a mantenere elastici, in equilibrio e nel giusto peso, ha una valenza terapeutica sul cervello: lo conserva agile e lucido. Ma fa molto di più, e questa è la novità strabiliante che ci hanno regalato le neuroscienze: riesce a modificarne la struttura, e in meglio. Qui torna alla ribalta il concetto di plasticità cerebrale di cui abbiamo parlato in precedenza, ovvero la capacità del nostro cervello di adeguare la sua architettura agli stimoli, intellettuali ma anche fisici, provenienti dall'ambiente circostante. Il fenomeno è stato scoperto attraverso sperimentazioni sugli animali, per trovare poi conferme sull'uomo. E, paradossalmente, più sulle persone anziane che sui soggetti giovani.

Ma andiamo per ordine: dobbiamo ritornare ai lavori pionieristici della docente di neuroanatomia di Berkeley, Marian Diamond, di cui si è già parlato: arricchendo l'ambiente in cui vivevano i suoi topi, la ricercatrice aveva scoperto che il cervello degli animali era cambiato, ingrandendosi soprattutto nell'area dell'ippocampo, luogo chiave per la formazione della memoria. Dopo l'entusiasmo iniziale, più che giustificato, il passo successivo fu chiedersi quali elementi dell'ambiente così arricchito avevano favorito un tale, portentoso mutamento. I giocattoli, la ruota, lo spazio dove correre e interagire, una maggiore possibilità di socializzare? Il dilemma è stato risolto da alcuni ricercatori californiani, che hanno scoperto che il movimento gioca un ruolo da protagonista. Basta dare ai topi una semplice ruota su cui arrampicarsi e nel loro cervello compaiono quasi tutti i cambiamenti che aveva rilevato la Diamond: massa cerebrale ingrandita e una rete di vasi sanguigni più sviluppata.

Gli studi sugli animali, tassello dopo tassello, sono poi passati dal macroscopico al microscopico, dimostrando che l'esercizio fisico può raddoppiare la formazione di nuovi neuroni nell'ippocampo, favorirne la sopravvivenza e la maturazione e far proliferare i loro dendriti – prolungamenti che, come i rami di un albero, si staccano dal loro corpo in cerca di altre cellule cui attaccarsi per ricevere informazioni e messaggi. Importante, in questa direzione, il lavoro dei ricercatori dell'Istituto di biologia cellulare e neurobiologia del Consiglio Nazionale delle Ricerche di Roma, guidati da Stefano Farioli Vecchioli: per la prima volta hanno dimostrato, nei topi, come la corsa sia in grado perfino di bloccare il processo di invecchiamento cerebrale e di stimolare la produzione di nuove cellule staminali nell'ippocampo.

La sede elettiva in cui avviene questo "miracolo", che gli esperti chiamano neurogenesi, è una piccola area dell'ippocampo, il giro dentato, il luogo dove si formano i ricordi a lungo termine.

Secondo ulteriori studi, l'attività fisica farebbe aumentare nel cervello anche i mediatori chimici implicati nella regolazione dell'umore: la serotonina, la noradrenalina e la dopamina. Cosa che avviene nell'animale come nell'uomo: non a caso nelle persone depresse si riscontrano livelli inferiori alla norma di queste sostanze e l'esercizio fisico di solito migliora il tono dell'umore.

C'è un ultimo effetto benefico dell'attività fisica: di recente un gruppo di ricercatori tedeschi ha dimostrato che l'esercizio fisico attiva le endorfine nel cervello. Volgarmente definite "la morfina endogena", le endorfine aumentano nel circolo sanguigno in risposta all'esercizio fisico e, una volta raggiunto il cervello, si agganciano ai neuroni su punti di attracco specifici, detti recettori, e svolgono la loro azione benefica, attenuando il dolore e dando una sensazione di euforia.

A questo punto è doveroso chiedersi se la memoria dei topi sia migliorata, grazie al cambiamento avvenuto nell'ippocampo. Per rispondere a questo interrogativo cruciale e complesso, sono state realizzate molte ricerche, alcune delle quali, estremamente ingegnose, hanno visto l'utilizzo di labirinti ed espedienti raffinati di differimento del ricordo e di riconoscimento di oggetti precedentemente messi sul percorso degli animali. Ebbene, la risposta è positiva: la capacità mnemonica ne risulta potenziata. Si approda così alla domanda che ci sta davvero a cuore: avviene qualcosa di analogo nel cervello dell'uomo, con lo sport e l'attività fisica in genere? In cerca di una risposta, in anni recenti è partita una vera e propria corsa fra gli scienziati per approdare a qualche risultato importante, forse sensazionale. Molti gli studi fatti e tanti quelli ancora in corso, ma, curiosamente, i lavori che hanno fornito risposte convincenti e chiare riguardano per adesso gli anziani e i bambini.

Una ricerca condotta negli Stati Uniti ha preso in esame quasi duemila sessantacinquenni (e oltre) in buono stato di salute e ha chiesto loro con quale frequenza avessero fatto attività fisica nel corso della vita, se la praticavano ancora e come si sentivano. Sei anni dopo questa prima inchiesta, le stesse persone sono state richiamate per sapere quante di loro si fossero ammalate di Alzheimer. Dal confronto tra i questionari fatti al primo incontro e i dati sul decadimento psichico emersi dal secondo, si è visto che l'aver fatto movimento tre o più volte alla settimana abbassava il rischio di soffrire di demenza del 32%. Una percentuale significativa, da prendere comunque con cautela perché si tratta di una correlazione, non della prova certa di un rapporto causa-effetto fra l'esercizio e il mantenimento dell'integrità mentale. Il risultato ha anche il limite di basarsi su interviste, sul racconto delle persone che, come sappiamo, non dicono necessariamente la verità.

L'effetto protettivo dello sport sul cervello degli anziani emerge anche da uno studio canadese dell'Unità di Ricerca Geriatrica della Laval University, condotto su numeri ancora più grandi, oltre quattromila sessantacinquenni, uomini e donne, seguiti per cinque anni. In questo caso l'effetto protettivo dell'attività fisica sul cervello è risultato più marcato nella popolazione femminile. A questo proposito, bisogna ricordare lo studio realizzato dall'Università della California su quasi seimila donne ultra sessantacinquenni senza segni di decadimento mentale che vivevano in comunità. I ricercatori hanno esaminato le loro performance intellettuali, ripetendo l'indagine dopo sei e otto anni. In quest'ultimo arco di tempo hanno chiesto loro di annotare quanto avevano camminato ogni settimana. Mettendo in correlazione il risultato dei test con l'intensità dell'esercizio fisico, è emerso un effetto protettivo di quest'ultimo sulle performance intellettive; quanti più chilometri le donne avevano percorso, tanto più risultavano vigili e arzille.

Dopo una certa età l'attività fisica, oltre a mantenerci elastici, in equilibrio e nel giusto peso, ha una valenza terapeutica sul cervello: lo conserva agile e lucido.

Come abbiamo detto sopra, anche nei bambini le ricerche hanno rivelato che lo sport ha una relazione positiva con il rendimento scolastico: favorisce l'attenzione e la capacità di memorizzare.

Proseguendo su questo filone, utilizzando le tecniche di *imaging* sul cervello, uno studio ha messo in evidenza un aumento delle dimensioni dell'ippocampo in soggetti anziani che avevano fatto esercizio fisico per un anno; un risultato intrigante che è stato confermato da un'ulteriore ricerca, secondo la quale dopo tre mesi di attività fisica, nell'ippocampo si verifica un aumento dell'irrorazione sanguigna.

Interessante, infine, uno studio realizzato dall'Università di Edimburgo, in Scozia: i ricercatori hanno proposto un questionario sull'attività fisica svolta ed esaminato i dati clinici di 638 persone nate nel 1936, sottoposte a risonanza magnetica, all'età di 73 anni. A tre anni dalla prima indagine, un secondo esame ha rivelato un'interessante realtà: il cervello degli anziani che avevano fatto più movimento aveva subito un restringimento minore rispetto a chi aveva trascorso le giornate nella quasi completa sedentarietà. E, fatto curioso, la stimolazione mentale tramite letture o cruciverba non aveva prodotto gli stessi effetti benefici se, nel frattempo, il corpo era rimasto fermo.

Insomma, l'esercizio fisico ci fa diventare più intelligenti e ci preserva dal decadimento mentale? Restando nell'ambito delle ricerche sugli anziani, in qualche modo sì: pare che potenzi l'attenzione, aiuti a concentrarsi sui particolari che interessano, ignorando le altre informazioni disponibili. Ma molto è ancora nebuloso: non è chiaro, ad esempio, quale sia la "dose" di attività fisica sufficiente, o necessaria, per mantenere un buon livello di attenzione e conservare la memoria. Sembra probabile che una mezz'ora o un'ora di esercizio al giorno, anche il solo camminare, favorisca la concentrazione e che l'attività fisica, quando viene praticata per otto-dodici settimane consecutive, si associ (a volte) a un miglioramento delle capacità mnemoniche. Indipendentemente dall'orario in cui si fa, mattina, pomeriggio, o sera.

Il movimento migliora l'umore, potenzia l'attenzione, facilita il recupero delle energie, ed è anche un potente ansiolitico non farmacologico.

Non è chiaro, invece, quale tipo di attività influisca maggiormente sulla memoria e quanto regga nel tempo l'eventuale beneficio. Potrebbero essere d'aiuto i tanti studi realizzati negli Stati Uniti sugli effetti dello yoga sul cervello, ma sono per lo più concentrati sugli aspetti meditativi e non sul potenziamento della "cassetta dei ricordi". D'altro canto, i vantaggi sull'organismo di una regolare, sistematica, attività fisica, tanto più se iniziata precocemente e mantenuta lungo il corso della vita, sono dimostrati da una gran mole di ricerche. Ha effetti benefici sul cuore e sulla circolazione, sul metabolismo, sulla forza e il tono muscolare, sull'elasticità dei muscoli e dei tendini, sulla postura e l'eleganza del cammino, sulla resistenza alla fatica; inoltre, facilita il recupero delle energie. Come abbiamo già detto, il movimento migliora il tono dell'umore, aumenta la percezione del corpo, potenzia la sensazione di globalità che è alla base del benessere, della sicurezza e dell'autostima; è, infine, un potente ansiolitico non farmacologico.

In sostanza, anche se lo stato delle ricerche non ci consente ancora di trarre conclusioni definitive, l'idea del movimento come terapia salva-cervello appare oggi irresistibile: è alla portata di tutti – si parla del semplice camminare – si può fare in qualsiasi momento, potrebbe rivelarsi piacevole anche come momento di socializzazione, tira su il morale. Verrebbe da dire: allora, tutti in marcia! Facciamo lunghe passeggiate nel verde mantenendo il ritmo respiratorio e l'entusiasmo nel sentirsi più energici e leggeri; uno sforzo blando, ma prolungato nel tempo, che favorisce l'utilizzo dell'ossigeno presente nei nostri tessuti. In effetti, questo messaggio sta arrivando ai sessantenni di oggi, grazie anche all'enfasi che i media hanno dato agli studi di cui abbiamo appena parlato. Le persone anziane partecipano a manifestazioni sportive, tentano perfino le maratone, giocano a tennis, al mare aderiscono a gruppi di ginnastica in spiaggia. Qualcuno ama il golf, ma per chi non se lo può permettere restano ancora le vecchie, salutari, bocce. Senza dimenticare, per i più atletici, il nuoto, la danza e, perché no?, il tai chi, una tecnica corporea molto praticata dalla popolazione anziana in Cina, dove è nata come arte marziale di difesa, ma ormai conosciuta anche in Italia.

RIEPILOGANDO...

- **Gli esperimenti sugli animali hanno rivelato che l'attività fisica, oltre a far bene al corpo, potenzia le funzioni cerebrali, soprattutto la memoria, e favorisce uno stato di benessere generale attraverso l'aumento delle endorfine che hanno un effetto euforizzante.**

- **Una serie di ricerche ha dimostrato che anche nell'uomo l'esercizio fisico svolge un'azione benefica sul cervello, soprattutto nei bambini e negli anziani.**

- **Nelle persone in là con gli anni si è evidenziata, addirittura, una correlazione fra le performance intellettuali e l'intensità dell'esercizio fisico: quanti più chilometri si fanno al giorno, tanto più il cervello si mantiene attivo.**

- **Non è ancora chiaro, invece, quale sia la "dose" di attività fisica sufficiente per conservare la memoria e la concentrazione negli anziani; gli ultimi studi sembrano indicare che dopo un anno di esercizio fisico, aumentino le dimensioni dell'ippocampo, la "scatola dei ricordi".**

- **Quanto già scoperto incoraggia comunque all'idea del movimento come terapia salva-cervello per gli over 65: basta camminare, preferibilmente nel verde; meglio ancora praticare discipline sportive come il tennis, il golf, le bocce e il nuoto, senza dimenticare la danza.**

Lo STRESS fa INVECCHIARE

«Ogni stress lascia una cicatrice indelebile e l'organismo paga per la sua sopravvivenza dopo una situazione stressante, diventando un po' più vecchio» scriveva Hans Selye, il medico austriaco scomparso nel 1982, considerato il padre della malattia dei tempi moderni. Fu lui a coniare la parola "stress" prendendola in prestito dalla fisica e il primo a impiegarla per indicare la "risposta non specifica dell'organismo a uno stimolo negativo prolungato", quale possono essere la fatica, un impegno lavorativo particolarmente intenso, obblighi e richieste pesanti o pressanti dall'ambiente sociale, cambiamenti di vita radicali. Questa risposta costituisce il nostro sistema di difesa-emergenza, antichissimo come la storia dell'uomo, efficiente quanto inadeguato alla vita di oggi, perché non sa distinguere fra l'attacco di un leone nella savana, come succedeva in epoca primitiva, e i fattori stressanti della modernità, come la preoccupazione per le tasse da pagare o il mobbing del capoufficio. Nella reazione allo stress gioca un ruolo chiave il sistema nervoso autonomo, quello che entra in azione al di fuori della nostra volontà facendo aumentare la frequenza cardiaca e quella respiratoria, dilatare le pupille, contrarre i muscoli, bruciare subito una gran quantità di glucosio; mentre le funzioni renale e digestiva, non strettamente necessarie in un momento di emergenza, vengono messe a riposo. In una seconda fase, se lo stimolo negativo si protrae, il corpo cerca di contrastare l'affaticamento generando ormoni specifici che gli vengano in aiuto, principalmente il cortisolo, prodotto dalle ghiandole surrenali, "alloggiate" sopra i reni. Un ormone potente, soprannominato l'ormone dello stress, che stimola la conversione delle proteine in zuccheri, ovvero in una fonte di energia immediatamente disponibile. Ma queste piccole ghiandole producono un'altra sostanza importante per fronteggiare lo stress: l'adrenalina, che fa affluire una maggiore quantità di sangue agli organi, salire la pressione, dilatare i bronchi e le pupille. Di questo ormone e delle sue proprietà i media hanno parlato molto in questi ultimi anni, tanto che sono entrate nel linguaggio comune espressioni come "ho avuto una scossa di adrenalina" e "oggi mi sento adrenalinico", usate da molti di noi, a volte senza sapere esattamente a cosa si riferiscono, per indicare uno stato di eccitazione positiva.

Il sistema di risposta a uno stimolo negativo che dura nel tempo è un meccanismo di difesa eccellente ma ancestrale, come abbiamo detto, inevitabilmente inadeguato in un mondo come quello attuale, pieno di fattori ansiogeni che persistono subdolamente nel tempo – basti pensare al bombardamento d'informazioni cui siamo sottoposti ogni giorno, alle tensioni e ai ritmi sul lavoro – o creano incertezze e paure profonde – in questo momento la questione dei migranti, in anni recenti la crisi economica che pareva tagliare ogni prospettiva di benessere. Il difetto del nostro sistema di difesa dallo stress è la sua incapacità di operare una distinzione fra le situazioni di emergenza concreta e drammatica per le quali si è sviluppato nei millenni, come trovarsi in pericolo di vita, e le forme moderne di stress. Nel mondo odierno, il rischio è che questo sistema di allarme non abbia mai pace, sia in azione senza momenti di tregua. Allora la frequenza cardiaca rimane costantemente sopra le righe, la pressione va su e ci resta e nel sangue c'è sempre glucosio disponibile, l'energia che serve per "combattere". Non meraviglia, allora, che questo stato possa nuocere alla salute, anche perché abbassa le difese immunitarie. Si apre così la strada - come hanno rivelato molti lavori in proposito - alle malattie del cuore, al diabete, all'ulcera, ai disturbi dell'erezione nell'uomo, alle alterazioni del ciclo mestruale nella donna. Stando ad alcune ricerche, lo stress cronico faciliterebbe, addirittura, la comparsa del cancro. Un campo di indagine che ha avuto un grande sviluppo nella seconda metà del secolo scorso, tanto da configurare una nuova branca della medicina, la psicosomatica, che è arrivata a delineare come inscindibile il legame fra la psiche e il corpo.

In questa nuova visione delle cose in molte patologie, accanto ai fattori somatici, giocano un ruolo altrettanto importante elementi di tipo psicologico. Inizialmente a favore di questa tesi c'erano soltanto dati clinici, poi, negli ultimi vent'anni si è sedimentata una vasta documentazione scientifica che ormai testimonia le complesse relazioni tra psiche e corpo. Le evidenze più chiare sono nell'ambito dell'immunologia: il nostro sistema di difesa è influenzato dallo stress a un punto tale da risentirne in modo evidente. La conseguenza può essere una maggiore suscettibilità a malattie di vario tipo, la comparsa di allergie o di malattie della pelle.

C'è un effetto particolarmente insidioso dello stress: gli esperimenti sui topi hanno dimostrato in modo chiaro che il cervello ne è un bersaglio; lo sono, soprattutto, i centri deputati alla memoria, l'ippocampo e l'amigdala, una delle aree chiave nella gestione dell'emozioni. L'ippocampo risulta particolarmente vulnerabile allo stress perché i suoi neuroni hanno un gran numero di recettori per il cortisolo: aumentandone artificialmente il livello, i neuroni cominciano a morire e le dimensioni dell'ippocampo si riducono. Rilievo che trova conferma negli studi sulle vittime di stress prolungato, ad esempio le persone colpite dal disturbo post-traumatico, una sofferenza psichica che si protrae nel tempo, conseguente a eventi drammatici come l'aver assistito a disastri, guerre, vissuto rapimenti, torture o incidenti – furono i reduci della guerra del Vietnam a portarlo alla ribalta. Le persone colpite da questo disturbo hanno ippocampi di dimensioni ridotte e manifestano deficit di memoria, come se l'eccesso di cortisolo avesse distrutto molte delle loro cellule in quell'area del cervello.

Un'altra zona cerebrale molto sensibile allo stress è la corteccia prefrontale. Situata, come dice il suo nome, dietro la fronte, all'interno della scatola cranica, quest'area gioca un ruolo essenziale in molte funzioni superiori come la pianificazione dei comportamenti, l'apprendimento, il processo decisionale, la memoria. A quanto emerge dagli studi sui roditori, lo stress cronico ne erode le funzioni.

Lo stress "fa invecchiare" perché ha un effetto particolarmente insidioso sul cervello, soprattutto sui centri deputati alla memoria.

Tutte queste nozioni, accumulate negli ultimi decenni, hanno messo in risalto una valenza del tutto negativa del fenomeno dello stress, che riguarda da vicino gli over 65. In altre parole, l'affermazione di Seyle che "lo stress fa invecchiare" sembra rivelarsi calzante per gli anziani di oggi. C'è da dire che all'ascesa di favore della medicina psicosomatica si è accompagnato un fiorire quasi consumistico di terapie anti-stress, specialmente negli Stati Uniti: dalla psicoterapia breve alla meditazione, dalle tecniche di rilassamento come il training autogeno, a strategie di controllo delle tensioni, quale il bio feedback, di cui parleremo in dettaglio più avanti. E molte altre cure alternative e antidoti che tralasciamo perché più vicini al mondo del business che a quello della scienza.

Si potrebbe curare lo stress da pensionamento, ad esempio la "sindrome ombelicale" di cui abbiamo parlato, con uno di questi metodi, ma forse non tutto il male viene per nuocere. Esiste una diversa strategia.

La SCOPERTA della RESILIENZA

"La nostra gloria più grande non sta nel non cadere mai, ma nel risollevarsi sempre dopo una caduta", recita un famoso detto di Confucio. Frase che ben si adatta agli individui capaci di recuperare il benessere fisico e psicologico nonostante avversità di ogni genere e difficoltà straordinarie. Ne abbiamo avuto esempi fra i sopravvissuti ai campi di concentramento, ai bombardamenti, alle guerre, alla prigionia prolungata, alle torture. Storie eccezionali che hanno spesso riempito le pagine dei giornali. Come il caso dell'olimpionico Louis Zamperini, che superò le inclemenze dell'oceano Pacifico e le torture dei giapponesi durante la seconda guerra mondiale; dalla sua vicenda Angelina Jolie ha tratto il film *Unbroken* – paradossalmente Louis, dopo tante prove di resistenza, è morto pochi mesi prima dell'uscita nelle sale della pellicola.

La capacità di recupero si manifesta talvolta come fenomeno collettivo. Nelle comunità dove è presente una tradizione culturale consolidata e un forte senso di appartenenza, un disastro, affrontato con energia, può essere l'inizio di una rinascita: basti pensare alla popolazione fiorentina che, nel giro di poco tempo, riemerse dall'alluvione del 1966 e diede un nuovo impulso a una città profondamente ferita. Andando indietro nel tempo, è nella memoria di tutti la resistenza dimostrata dagli abitanti di Leningrado, oggi San Pietroburgo, all'assedio dei Nazisti dal settembre 1941 al gennaio 1944, ben 900 giorni.

Tutto questo oggi si chiama resilienza. La parola ha origini remote, deriva dal latino *resilire* (saltare indietro, rimbalzare) e riassume una quantità di doti che ne sono i presupposti: elasticità, flessibilità, duttilità, solidità, resistenza, durevolezza, reattività. Un concetto che nasce dalla fisica e indica la capacità di un materiale di resistere a urti improvvisi senza spezzarsi. Col tempo, la parola ha ampliato il suo campo di applicazione: così si parla di resilienza tessile, la capacità dei tessuti di tornare alla loro forma originaria, di resilienza ecologica, la forza di un ecosistema di ripristinare le proprie condizioni di equilibrio dopo un intervento esterno, perfino di resilienza informatica. Ma a partire dagli anni Settanta la resilienza è stata oggetto di studio soprattutto da parte della psicologia, che l'ha declinata come capacità di una persona di assorbire un urto di vario genere senza frantumarsi ma, addirittura, migliorando il proprio profilo. Attraverso alcuni studi pionieristici compiuti da psichiatri e psicologi dello sviluppo come Norman Garmezy, James Anthony, Michael Rutter ed Emmy Werner, si è visto che una proporzione sostanziale di bambini vissuti in circostanze di grande disagio materiale o esistenziale – i figli di persone schizofreniche, ad esempio – diventavano spesso adulti ben adattati, nonostante le situa-

Il concetto di "resilienza" riassume una quantità di doti che ne sono i presupposti: elasticità, flessibilità, duttilità, solidità, resistenza, durevolezza, reattività.

zioni critiche vissute e a dispetto di quanto si poteva ipotizzare basandosi sulla valutazione dei loro rischi. Importanti, soprattutto, gli studi dello psichiatra inglese Michael Rutter che scoprì come in certi casi un'infanzia in povertà sembrava, addirittura, proteggere dallo stress più avanti negli anni, conferendo una marcia in più nel fronteggiare eventuali difficoltà. A tal proposito si è parlato di "inoculazione dello stress", come se quest'ultimo vaccinasse contro le prove della vita.

I primi studi sulla resilienza ipotizzavano speciali qualità innate o tratti di personalità in questi bambini, ma le evidenze a sostegno di questa ipotesi si sono rivelate scarsissime e oggi si preferisce parlare di risorse, personali e legate all'ambiente, capaci di controbilanciare l'effetto dei fattori di rischio o di eventi particolarmente stressanti.

Tra le caratteristiche che predispongono alla resilienza vi è sicuramente quella che gli americani chiamano *hardiness* – letteralmente durezza, in questo contesto invulnerabilità allo stress – intesa come la combinazione di tre atteggiamenti: impegno, controllo e senso di sfida. La parola prese corpo negli Stati Uniti alla fine degli anni Settanta, con la tesi di dottorato di una studentessa di nome Suzanne Kobasa, incentrata sui fattori di protezione dallo stress sul lavoro. Nella ricerca di un campione di persone altamente stressate, Suzanne e il suo relatore decisero di rivolgersi ai manager della Illinois Bell Telephone, una compagnia telefonica statunitense. Lo studio durò cinque anni e mise in luce che ad alti livelli di *hardiness,* di cui erano dotati i manager capaci di reggere alla tensioni, corrispondeva una maggiore protezione nei confronti di disturbi psicologici, grazie a caratteristiche che si sviluppano nell'infanzia.

L'impegno, infatti, consiste nell'affrontare un compito con spirito positivo e risente dell'atteggiamento tenuto dai genitori nei confronti delle prime, fondamentali, esperienze dei figli. In assenza di un loro supporto positivo, il bambino assume precocemente un atteggiamento rinunciatario e, scettico sull'esito delle proprie azioni, crescendo preferirà astenersi dall'intervenire e si arrenderà, sconfitto, prima di aver lottato. Il controllo consiste invece nella ricognizione degli elementi esterni e delle risorse interne per affrontarli; si acquisisce anch'esso nell'infanzia, se il bambino è posto correttamente di fronte a compiti che è in grado di svolgere.

Appare perciò evidente che i fattori che maggiormente contribuiscono alla resilienza nel corso della vita sono la scuola e la famiglia. Le prime esperienze educative determinano lo sviluppo di reti neuroniche e di strategie comportamentali che fanno da tampone a ogni insulto successivo, contribuendo a quella plasticità cerebrale necessaria ad ostacolare o ritardare i processi degenerativi del cervello. Un altro aspetto che ha origini più remote ma che ha a che fare con la resilienza è il controllo del proprio ambiente, considerato tra le motivazioni umane fondamentali, la cui presenza o assenza ha importanti effetti sulle emozioni, sulle capacità intellettuali e sul benessere fisico. Il controllo può essere effettivo o soltanto percepito, ma anche in quest'ultimo caso contribuisce al senso di sicurezza dell'individuo.

Oggi si fa un gran parlare di resilienza, va molto di moda, in ogni ambito. Negli Stati Uniti ai manager aziendali vengono offerti corsi di *hardiness*, e iniziative analoghe stanno nascendo anche in Italia. La parola è entrata talmente nell'uso comune che qualche anno fa il Presidente degli Stati Uniti Barack Obama, riferendosi alle difficoltà della crisi economica, invitò gli americani a essere resilienti. Ma è in gerontologia, la disciplina che studia il processo di invecchiamento, che il termine dovrebbe emergere in maggior misura, visto che quest'epoca della vita pone di fronte a molti eventi stressanti. Sebbene siano trascorsi più di settant'anni da quando l'Organizzazione Mondiale della Sanità, nel lontano 1948, stabilì che la salute doveva essere considerata non soltanto "l'assenza della malattia", ma piuttosto il pieno benessere psico-fisico, gli studi in campo geriatrico sembrano aver fatto orecchie da mercante, sono sempre stati e sono ancora oggi accentrati sulla malattia. Soltanto il crescente interesse verso la resilienza ha favorito un'inversione di tendenza, dando il via a ricerche tese a migliorare il benessere della persona anziana.

In questo ambito la resilienza indica la capacità, innata ma in gran parte acquisita nel corso della vita - soprattutto nell'infanzia, come abbiamo visto - di contrastare, o meglio ammortizzare, il declino legato al trascorrere degli anni, mettendo in atto un processo di adattamento. Una resilienza che è prima di tutto emotiva, fatta di ottimismo, di capacità di affrontare le sfide, ma anche di senso di autonomia, curiosità, fiducia nella crescita personale anche a settant'anni. Fra tutti ne sono un esempio clamoroso i cosiddetti "grandi vecchi", con tante primavere alle spalle, ma ancora sulla breccia, per i quali il tempo sembra essere passato solo per migliorare le loro capacità intellettuali ed esistenziali. Persone altamente resilienti.

> **La resilienza indica la capacità di ammortizzare il declino legato al trascorrere degli anni, mettendo in atto un processo di adattamento.**

Invecchiare comporta tutta una serie di cambiamenti, come abbiamo già detto, all'insegna della perdita: col pensionamento il lavoro scompare, di conseguenza viene meno anche il ruolo sociale e spesso il reddito si riduce. È anche l'epoca della vita in cui diventa frequente perdere parenti o amici cari e i figli si allontanano, inevitabilmente presi dalla propria vita, creando ansia soprattutto nelle donne – la cosiddetta sindrome del "nido vuoto". In tutti questi casi riuscire a far fronte alle difficoltà trasformandole in qualcosa di positivo o, almeno, mantenere l'equilibrio precedente si trasforma in una grande scommessa.

Di fatto, per divenire resilienti a settant'anni bisogna imparare un nuovo codice di comportamento: puntare sull'ottimismo e imparare a leggere gli eventi negativi come momentanei e circoscritti; darsi degli obiettivi; vedere i cambiamenti come una sfida e come un'opportunità piuttosto che come una minaccia; di fronte a sconfitte e frustrazioni, non perdere comunque la speranza. In sostanza adattarsi, trovare un nuovo punto di vista, e un "nuovo passo". La *hardiness* di cui abbiamo parlato prima. Quali sono i fattori che rendono possibile questo cambiamento? Certe caratteristiche di personalità presenti in misura diversa in ognuno di noi, ma che possono essere valorizzate, quali l'estroversione, l'ottimismo, la disponibilità, la consapevolezza, la flessibilità, l'apertura alle novità. Ma ci vogliono anche impegno, dinamismo, humor di fronte ai momenti difficili, pazienza, percezione delle avversità come opportunità di crescita.

Oggi ci si domanda finalmente quale tipo di prevenzione possa aiutare gli individui che invecchiano a sviluppare strategie di adattamento efficaci, migliorare, quindi, la qualità della vita e preservare l'indipendenza il più a lungo possibile. E su questo terreno, c'è ancora molto da fare.

Lo stile di vita aiuta: come abbiamo visto in altre parti del testo, il movimento migliora il tono dell'umore, l'attenzione, è benefico per la memoria e l'apprendimento, aumenta la percezione del corpo potenziando la sensazione di globalità che è alla base del benessere, della sicurezza e dell'autostima. Inoltre riduce il prevalere delle sensazioni viscerali che sovente si accompagnano all'ansia. In questa direzione, possono servire tecniche "a portata di mano" che rispondono alla necessità di ridurre la tensione fisica o psichica di cui faremo cenno più avanti. E non c'è dubbio che anche un'alimentazione corretta e un sonno soddisfacente sono validi alleati.

Ma se l'esercizio fisico e la dieta hanno effetti benefici, quello che più conta per aumentare la resilienza è l'atteggiamento mentale: bisogna credere che tutto sia possibile e che le circostanze sfortunate siano una sfida e un'occasione per crescere in umanità, vincitori e non vittime. La resilienza è un processo continuo in cui fattori diversi s'influenzano e si rinforzano reciprocamente. E, probabilmente, anche molto altro.

RIEPILOGANDO...

- **Studi pionieristici condotti negli anni Settanta da psicologi e psichiatri dello sviluppo hanno scoperto che non sempre lo stress è negativo e lascia segni profondi. Seguendo la crescita di bambini dall'infanzia disagiata, questi esperti hanno visto che alcuni risultavano poi adulti equilibrati, rivelando un effetto positivo dello stress.**

- **Ha preso forma così il concetto di resilienza; parola che indica la capacità di un individuo di assorbire un "urto" di vario genere senza frantumarsi, ma addirittura migliorando il suo profilo di personalità. Si è parlato di "inoculazione di stress" che vaccina contro le prove della vita.**

- **Le caratteristiche fondamentali della resilienza sono l'impegno, il controllo, il senso di sfida. Caratteristiche riassunte nel concetto di *hardiness* (invulnerabilità allo stress).**

- **Nella persona alle prese con l'invecchiamento, evento stressante per i tanti cambiamenti e perdite che comporta, la resilienza significa vedere i mutamenti come una sfida piuttosto che come una minaccia, imparare a leggere gli avvenimenti negativi come temporanei e puntare sull'ottimismo.**

- **Si tratta, in sostanza, d'imparare un nuovo codice di comportamento, prendendo ad esempio certi grandi vecchi ancora sulla breccia, che dimostrano come si possa avere fiducia nella propria crescita personale anche dopo i settant'anni.**

PARTE SECONDA

qualche pillola di saggezza

Le STRATEGIE da ATTUARE

Quanto abbiamo detto finora ci porta inevitabilmente a rivedere, o almeno a tentare di farlo, la nostra idea di invecchiamento e le strategie per affrontarlo. Nessuno ha in mano una ricetta miracolosa o, comunque, valida per tutti. Ma si può tentare di delineare una serie di consigli – a noi piace chiamarli "pillole di saggezza" – che aiutino a trasferire nella vita di tutti i giorni quel "cambio di passo" che abbiamo auspicato nella prima parte del volume, alla luce delle scoperte sul cervello maturo realizzate dalle neuroscienze negli ultimi anni.

Visti i pregiudizi tuttora imperanti, non è facile far propria l'ipotesi che il cervello di un settantenne, oltre che essere integro, abbia ancora tante capacità da sperimentare e tante potenzialità. Parole quasi magiche che finora sembravano precluse a chi ha superato il giro di boa del pensionamento, epoca piena di contraddizioni ben descritta da Burrhus Skinner, uno degli psicologi più influenti del Novecento, in *Vivere bene la terza età*: «Coloro che conducono una vita attiva e amano il proprio lavoro spesso pensano alla pensione come a un meritato riposo. È un modello di comportamento che ha origine quando sono ancora giovani: la sera vanno a dormire; ogni settimana si godono due giorni di riposo; ogni anno si prendono le ferie. È facile inquadrare in questo schema anche il ritiro dalla vita attiva; ma il riposo ritempra e rende le forze, e coloro che vanno in pensione per riposare si accorgono presto che smaniano di ritornare al lavoro... e non l'hanno più. Altri si ritirano dalla vita attiva più presto che possono perché non amavano il loro lavoro. Hanno fatto più o meno quel che dovevano fare e appena non hanno più una ragione assillante per continuare, sono ben felici di smettere. Hanno chiuso con le fatiche della vita; il pensionamento è la loro evasione. Ma spesso scoprono di aver abbandonato molte cose che facevano loro piacere. Il lavoro li portava fuori casa, a contatto con altri, e serviva a passare il tempo che ora non passa mai. Per molti il "dolce far niente" è la ricetta ideale per una breve vacanza, ma scoprono che non è altrettanto dolce non far niente per il resto della vita».

Il brano di Skinner rende molto bene gran parte degli equivoci in cui si trova invischiato un settantenne di oggi: il pensionamento, tanto agognato, si rivela spesso una sorta di prigione, in cui il tempo è lungo da passare; chi ha nipoti lo riempie con loro, ma non basta. La condizione esistenziale può diventare talvolta difficile.

In questi casi si rivela utile la resilienza, di cui abbiamo parlato nell'ultimo capitolo della parte precedente, ossia la capacità di inventarsi una dimensione di vita dove trovano spazio tutti gli affetti che un individuo porta con sé, ma anche nuovi interessi, soprattutto i "sogni nel cassetto" che ci hanno accompagnato tutta la vita, e che non sono stati ancora realizzati. Scoprirsi diversi, forse anche più felici in vecchiaia è una grande scommessa. «La voglia di vivere "fa vivere", mobilita risorse e energie, proietta il pensiero verso l'avvenire, stimola il senso di benessere. Desideri, motivazioni e interessi rappresentano fattori incentivanti, di apporto e sostegno a ogni iniziativa, a qualsiasi età» scrivono Marcello Cesa-Bianchi, il padre in Italia degli studi sull'invecchiamento attivo (vedi l'intervista nelle Testimonianze) e lo psicologo Carlo Cristini in *Vecchio sarà lei!*.

Non abbandonare i sogni nel cassetto e scoprirsi diversi, forse anche più felici in vecchiaia è una grande scommessa che si può vincere.

Noi vi proponiamo, qui di seguito, dieci pillole di saggezza per affrontare e godersi la lunga vita che oggi si prospetta a chi ha superato le sessanta primavere.

1

Non PERDERE la CURIOSITÀ

C'è chi sostiene che senza la curiosità l'uomo non sarebbe arrivato a niente, non avrebbe scoperto nuovi mondi, non avrebbe inventato il treno, né la radio, né l'aeroplano. Indubbiamente la curiosità è un grande propulsore: lo vediamo bene nei bambini, originali e creativi perché tutto ciò che fanno è nuovo per loro. Nel corso della formazione, il campo dell'apprendimento si restringe e si consolidano attitudini mentali in sintonia con l'ambito di lavoro e di studio che ognuno si è scelto. La curiosità inevitabilmente diminuisce e certi schemi di riferimento si affermano nel nostro modo di essere e di pensare per accompagnarci poi, bene o male, tutta la vita. Arrivati alla pensione, ci accorgiamo improvvisamente che questi schemi hanno cristallizzato in noi delle routine che ora non ci servono, né ci sono d'aiuto. Ci troviamo così di fronte all'incognita del tempo libero, una novità bellissima, ma per viverla bene è necessario riscoprire una dimensione che finora ci è sfuggita.

Se ci sono, è indubbiamente arrivato il momento di tirare fuori vecchie passioni abbandonate, o mai realizzate. Il successo delle università della Terza Età rivela che lo studente anziano non apprende competenze nuove per una potenziale carriera professionale, ma perché esiste qualcosa che ha sempre voluto sapere ma che non ha mai avuto il tempo di approfondire. Motivazioni dettate dalla curiosità, appunto: fare un corso di storia dell'arte per capire meglio la pittura dei secoli scorsi che ci affascina, ma non cogliamo profondamente. O qualcosa di pratico e meno impegnativo mentalmente come un corso di decoupage o di cucina.

La curiosità è un grande propulsore: è indubbiamente arrivato il momento di tirare fuori vecchie passioni abbandonate o mai realizzate.

Come spiega lo psicoanalista Gian Battista Ricci, che del tema si occupa da tempo: «È noto che le persone anziane sono legate affettivamente agli eventi passati, meccanismo che si ripresenta anche nei confronti del cibo. I risultati di diversi studi mettono in luce che gli alimenti dolci sono i più graditi ai bambini, quelli salati nelle età successive. Per l'anziano, vista la persistenza dei ricordi legati all'infanzia, diventa importante riproporre ricette legate a questo periodo della vita. Ad esempio, il risotto domenicale, che in Lombardia i nonni materni e paterni preparavano a vicenda, per tutta la famiglia immancabilmente riunita nel fine settimana, o il budino di latte, o il castagnaccio alla toscana. Cucinare per gli amici, per i nipoti, per i vicini di casa le ricette del "proprio passato" può rivelarsi una modalità per dimostrare a se stessi di essere ancora utili agli altri». A questo punto, però, bisogna fare qualche distinguo. Se le aspettative realizzate nel corso della vita sono molte, tutto diventa più facile: disponiamo di un "patrimonio" personale che ci permette di proseguire in quello che abbiamo sempre fatto. Ne sono esempi il medico che se ne va dall'ospedale per raggiunti limiti di età ma continua a fare attività clinica, il giornalista che lascia la testata dove ha lavorato ma prosegue a scrivere, libri o altro, il professore in pensione che dà lezioni private, l'artigiano e il falegname che non smettono di lavorare nonostante l'età perché amano il proprio mestiere.

Ma non sempre è così; se si è svolta una professione strettamente impiegatizia o un lavoro manuale, spesso si preferisce voltare pagina. Ed è allora che la curiosità diventa importante; bisogna scoprirla, o meglio attivarla, perché c'è in ognuno di noi, anche se sopita. Come fare? Ecco qualche espediente: guardate una trasmissione televisiva che tratta di un argomento di cui non sapete niente; probabilmente, se qualcosa vi ha colpito, vi verrà voglia di saperne di più. Lo stesso vi potrebbe accadere leggendo, sul quotidiano che sfogliate abitualmente, una pagina dedicata a temi di cui normalmente non vi interessate, ad esempio l'economia. Ancora: seguite con attenzione una trasmissione o uno spettacolo di ballo e cercate di imparare un passo di danza che vi è piaciuto. Se andate a vedere una mostra, al ritorno documentatevi ulteriormente su internet o comprate un libro sull'artista (se lo avete trovato interessante, ovviamente). Provate a seguire le manifestazioni sportive in televisione: pian piano, imparerete a vedere ciò che vedono gli appassionati. Se ascolterete per qualche ora un buon telecronista, scoprirete le regole del gioco e forse vi comincerà a piacere.

Un lavoro su se stessi di questo tipo implica, inevitabilmente, uno sforzo di volontà, il non lasciarsi andare. Si può fare? Una risposta la dà Luigi Secco, professore emerito di Pedagogia dell'Università di Verona in *Il dialogo tra le generazioni*: «Sappiamo bene che c'è chi ritiene che dopo una certa età non si possa più cambiare niente del proprio carattere e della propria visione della vita. Ci pare, tuttavia, irrinunciabile il dover riconoscere che una delle qualità più specifiche dell'uomo è la volontà [...] Con la volontà l'uomo può affrontare le diverse situazioni della vita adeguando i suoi comportamenti al cambiare dei cicli vitali dell'età e dell'inserimento nella società». Bisogna convincersi che gli anziani non sono soggetti che "stanno fuori", ma attori sociali che sempre più sono parte integrante e attiva della società. È un terreno su cui misurarsi, altrimenti la curiosità rischia di emergere in comportamenti patologici quale il gioco d'azzardo, sempre più diffuso fra gli anziani. L'acquisto di un "gratta e vinci" o una puntata alle corse dei cavalli, possono sembrare uno svago per abbattere la noia, apparentemente non costano fatica né impegno e attraggono per l'imprevedibilità dei risultati. In realtà, il bilancio si conclude sempre in perdita, sia economica sia psicologica, perché tali attività creano facilmente forme di dipendenza che non danno felicità e favoriscono l'isolamento.

Una ricerca recente realizzata in quindici regioni dai ricercatori del gruppo Abele, col supporto di Libera e di Auser – l'Associazione per l'invecchiamento attivo nata nel 1989 – ha scoperto che, su un campione di mille ultrasessantacinquenni, uno su tre è un giocatore patologico o sulla strada per diventarlo. Quale tipo di azzardo prediligono gli anziani? Non fanno certo la fila davanti al casinò; puntano la loro modesta pensione su lotto, superenalotto e "gratta e vinci" comprati in tabaccheria. Una cosa piuttosto avvilente. Aveva ben ragione Cicerone quando ammoniva: «La vecchiaia è onorata solo a patto che si difenda, conservi i suoi diritti, non sia asservita a nessuno e fino all'ultimo respiro, regni sul proprio dominio».

2

Continuare a CREDERE nei propri SOGNI

Ma chi ha detto che, arrivati a una certa epoca della vita, quel che non si è fatto è perduto? Per tenere il passo con un mondo complesso e in trasformazione come quello attuale bisogna reinventarsi continuamente. Già l'aveva capito Simone de Beauvoir, parecchi decenni fa: «La vita è un sistema instabile dove in ciascun istante l'equilibrio si perde e si riconquista: l'inerzia è un sintomo di morte. La legge della vita è il cambiamento». Avere sessantacinque anni non significa rinunciare a una meta che ci si era prefissi perché non l'abbiamo raggiunta: l'esistenza è lunga. Concetto ben espresso dal geriatra Marco Trabucchi in *Longevi Visionari*: «All'adagio "Si invecchia come si è vissuti" va aggiunta una lettura della realtà che valorizza la discontinuità, indotta da fattori multipli casuali, contingenti, voluti e non voluti. Con il procedere della maturità, lo sviluppo non finisce, ma continua in una interazione dinamica tra l'ambiente che si modifica (in modo particolarmente veloce oggigiorno) e l'individuo che cambia. Ogni cambiamento produce nuovo cambiamento, creando le condizioni per una plasticità dell'essere uomo - come biologia e spirito - indispensabile per affrontare la vita stessa». Significa che non c'è più uno steccato temporale oltre il quale niente è possibile. Molte iniziative sono vincolate dal pensiero che sia ormai troppo tardi per realizzarle. Eppure, esempi ancora pionieristici di un diverso modo di ragionare esistono. Una coppia di torinesi che aveva passato la vita lavorativa a Roma, una quindicina di anni fa ha deciso di investire la liquidazione nell'acquisto di una casa colonica e di un bell'appezzamento di terra fra Montalcino e Sant'Angelo in Colle, in Val d'Orcia, in mezzo ai vigneti del Brunello. Il sogno nel cassetto dei due coniugi era di vivere in campagna e produrre vino. Ebbene, hanno acquisito le competenze per cominciare a farlo e il sogno si è trasformato in realtà. La loro piccola azienda è decollata; il Brunello "alla torinese" piace anche all'estero. Nonostante che oggi siano molto anziani, i due signori continuano con entusiasmo la produzione e vivono in mezzo al bosco, lontani dall'ospedale e dal supermercato, ma non sembrano preoccuparsene più di tanto. Un caso eccezionale? No, ce ne sono molti altri specialmente nel campo della ristorazione e in quello alberghiero, iniziative che di solito decollano in appoggio a progetti dei figli.

Bisogna imparare, probabilmente non solo in tarda età, che la vita non è un'attesa senza fine, un presente che sfugge, ma ha il suo senso più profondo nel "qui e ora". Eppure quante volte si sente dire: "alla mia età, che cosa posso fare?", "sono in pensione, non mi resta che fare il nonno" (occuparsi dei nipoti è un bellissimo impegno, ma non può diventare lo scopo della vita!). Affermazioni di questo tipo indicano che si è persa l'umiltà necessaria per imparare cose nuove. In fondo chi spende la propria esistenza a cercare una realizzazione, ne guadagna sempre un po'.

Anche se il modello dominante è ancora quello della vecchiaia come disimpegno, qualche sentore di cambiamento c'è. Lo testimonia la grande partecipazione degli over 65 a iniziative di volontariato negli ambiti più diversi, spesso in forme organizzate. Sono soprattutto le donne a scoprire questa nuova dimensione di socialità; molte dicono di aver sempre desiderato di aiutare gli altri ma di non averlo fatto prima per gli impegni familiari. Rivolgersi al volontariato è un nuovo "mestiere", a portata di mano, e mette in gioco risorse mentali, fisiche e affettive. Le esperienze fatte finora in Italia rivelano che i volontari anziani assumono i loro compiti con impegno e continuità, traendone una realizzazione personale. E un vantaggio in longevità, almeno stando alla ricerca della Carnegie Mellon University di Pittsburgh, secondo la quale dedicare agli altri un po' del proprio tempo riduce del 40% il rischio di incappare nei capricci della pressione e allunga la vita.

Che occuparsi degli altri faccia bene emerge anche da un'indagine, "Volontariato e invecchiamento attivo", realizzata qualche anno fa dalla Fondazione Emanuela Zancan su un campione di 121 uomini e 91 donne tra i 55 e i 75 anni, residenti in Toscana, impegnati nel volontariato in media da sedici anni. Come hanno risposto gli intervistati? Due su tre affermano che è un'attività fondamentale per invecchiare bene e tra quelli che vi si dedicano da più di vent'anni, nove su dieci (la quasi totalità) la ritengono molto importante nella propria esistenza.

L'Italia è il Paese più anziano d'Europa. Complice la crisi e l'assenza di provvedimenti, rischiamo di diventare il Paese in cui s'invecchia peggio. Ci troviamo quindi di fronte a una sfida: affermare la dignità della terza età, riconoscere la sua esistenza e interpretarla come una fase della vita in cui tutto è ancora possibile. Non a caso, tornando alla ricerca, chi considera di fondamentale importanza fare volontariato indica tra i benefici la possibilità di confrontarsi con altri punti di vista, di avere gratificazioni personali, di apprendere cose nuove. È già una risposta "progettuale" all'angoscia di una vecchiaia che annienta ed emargina.

Cecilia Payne Grove, americana centenaria scomparsa nel 1990, ha scritto una poesia che ben esprime questi concetti: «La vecchiaia è una qualità della mente./ Se avete lasciato indietro i vostri sogni,/ se la speranza è perduta,/ se non continuate a guardare avanti,/ se il fuoco delle ambizioni è cessato,/ allora siete vecchi».

3

Sentirsi SANI fino a prova CONTRARIA

Nella prima parte del volume ci siamo dati da fare per sfatare un luogo comune, duro a morire, che genera insicurezza: la convinzione che l'essere anziani sia già una condizione patologica, "un'ipoteca" sulla salute. Si è vecchi e quindi potenzialmente malati. Un luogo comune corrosivo che fa entrare in una spirale di visite mediche, esami del sangue, Tac e lastre, spesso inutili. L'idea da sfatare è che tenersi aggiornati continuamente sul proprio livello di glicemia e di colesterolo, sullo stato di densità delle nostre ossa e sull'integrità del cuore sia psicologicamente rassicurante, o per lo meno, rasserenante. Non è così, in realtà, perché avalla l'ipotesi – oggi molto accreditata dai medici – che superata la sessantina, la salute diventi un bene a rischio, e non si sa bene perché. Come ben scrive Giulio Lazzarini, sociologo dell'Università di Torino: «Negli ultimi tempi si è affermato un netto progresso nella quantità di vita che può aspettarsi una persona anziana. La sfida che si presenta per i prossimi anni è essenzialmente quella di ridurre il divario esistente tra aspettativa di vita e aspettativa di vita attiva, priva di disabilità. Per un verso l'avanzare dell'età è inevitabilmente associato a un peggioramento delle condizioni di salute, se non altro per fattori di carattere biologico, per l'altro i ritmi di decadimento sono oggi più lenti che in passato e, soprattutto, variano da individuo a individuo. Il dato più interessante in questo senso è che circa la metà degli anni da vivere dell'ultrasessantenne viene trascorsa in buona salute e l'80 per cento in assenza di disabilità».

Ma se proprio di malattie dobbiamo parlare, quali sono più frequenti dopo i sessantacinque anni? L'artrosi, la pressione alta, i problemi cardiaci (soprattutto fra gli uomini), la bronchite cronica e il diabete, stati d'ansia e di depressione e insonnia. In generale, comunque, i dati sulla popolazione anziana in Italia descrivono una condizione di relativo benessere. Allora perché tutta questa enfasi sulla malattia? Fa parte del conformismo sulla terza età di cui abbiamo parlato a lungo nella prima parte del libro e di quella impostazione fortemente "medicalizzata" dell'esistenza di cui dobbiamo liberarci, perché limita la nostra libertà e condiziona le nostre scelte. Se la prevenzione primaria di cui tanto si parla sui giornali e nelle campagne televisive – una dieta equilibrata, ricca di frutta e verdura e povera di grassi, poco alcol, niente tabacco e tanto movimento – è sacrosanta, troppo spesso viene "incorniciata" da messaggi che enfatizzano i rischi per la salute di stili di vita scorretti.

Facciamo gli esami di controllo necessari, ma esigiamo spiegazioni chiare e comprensibili, è un nostro sacrosanto diritto. Sta a noi cambiare punto di vista.

Come mette in risalto il geriatra Marco Trabucchi, Presidente dell'Associazione Italiana di Psicogeriatria in *I segreti di una vita sana e lunga*: «"Meglio prudenti che dispiaciuti": questo slogan nato per convincere all'adozione di pratiche salutari e preventive si fonda su diverse considerazioni, da una parte economiche, cioè i costi diretti e indiretti che la collettività deve sostenere per riparare i danni di una malattia che consegue a atteggiamenti non prudenti, dall'altra umane, cioè il carico di sofferenza che si accompagna alle malattie non evitate. Ancora una volta è importante richiamare alla sobrietà della comunicazione in questi ambiti e per scopi educativi: "l'epidemiologia negativa" rischia di diffondere atteggiamenti pessimistici e rinunciatari che non porteranno l'individuo a modificare il proprio stile di vita. Anche la comunicazione dei mass media non è sempre accolta positivamente; le epidemie troppo enfatizzate sembrano riguardare gli altri, mentre è necessario che ciascuno si faccia un'idea della propria personale collocazione rispetto a un problema e poi trovi la strada, altrettanto personale per un eventuale cambiamento di percorso, che è sempre difficile e costoso sul piano psicologico».

Quando poi dalla prevenzione primaria si passa alla secondaria, ovvero alla diagnosi precoce, i problemi di comunicazione aumentano. Se è vero che è giusto aderire a una serie di screening collaudati, come quello per il tumore del seno, del collo dell'utero e del colon-retto - mentre ancora, come abbiamo detto, si dibatte sull'utilità di altri esami - è altrettanto vero che i controlli devono avvenire in un clima di serenità e che il medico deve essere il mediatore che porge alla persona la risposta tecnica, corredandola delle spiegazioni necessarie a comprenderla, in un clima di empatia. Ma non sempre questo avviene e l'effetto è nefasto: molti escono da questi controlli senza aver capito niente, in preda a mille sospetti. In una persona anziana, poi, scattano ansie di ogni tipo. Facciamo esami, allora, ma esigiamo spiegazioni chiare e comprensibili; è un nostro sacrosanto diritto.

Un'ultima, doverosa, considerazione sui farmaci. È indubbio che negli ultimi decenni è andato crescendo un vero e proprio consumismo farmaceutico che non ha risparmiato gli anziani. La pillola è diventata lo strumento adatto a qualsiasi circostanza e qualsiasi disagio, attraverso automatismi che rasentano l'ingenuità: una per il dolore, una per la pressione, una per la tosse, una per l'insonnia e così via. Magari tutte insieme, senza sapere che interagiscono tra di loro nell'organismo e vengono degradate più o meno negli stessi organi, fegato e reni. Un sovraccarico pericoloso sempre, micidiale dopo i settant'anni, perché il metabolismo con l'età rallenta considerevolmente. Servono tutte queste medicine? Forse no, si può provare a dormire con una tisana, si possono curare la pressione alta (in certi casi) e i dolori articolari con l'attività fisica; ormai sono tante le evidenze scientifiche di questi benefici. Il problema è che i medici sembrano spesso ignorare le tante ricerche in proposito e continuano a dispensare farmaci. Sta a noi cambiare punto di vista.

4

Mettere al PRIMO posto l'OTTIMISMO

L'esempio che tutti conosciamo è quello del bicchiere mezzo pieno e mezzo vuoto: c'è chi lo guarda da quest'ultima parte, il pessimista, e chi è convinto che prima o poi si riempirà, l'ottimista. Due visioni antitetiche del mondo e delle proprie possibilità che toccano da vicino un po' tutti. Chi di noi nella vita non è stato, a fasi alterne, dell'una o dell'altra idea? Ma c'è un'epoca dell'esistenza in cui vedere il bicchiere mezzo pieno serve più che in gioventù o negli anni della maturità, anzi è quasi indispensabile: la vecchiaia. Epoca caratterizzata inevitabilmente da qualche perdita, come il pensionamento, da qualche mancanza (i capelli ad esempio, per parlare di quella più trascurabile), da qualche difficoltà economica, di relazione e altro. Perdite e mancanze che possono essere vissute con ottimismo o con senso di impotenza, da cui deriva poi un pessimismo che paralizza e sfocia facilmente nella depressione. Che cosa possiamo fare? Ricordarci che l'ottimismo, tutt'altro che innato, è un atteggiamento che si apprende, se lo si vuole. Lo sostiene Martin Seligman, influente psicologo americano contemporaneo considerato il fondatore della psicologia positiva. Scrive Seligman in *Imparare l'ottimismo*: «La caratteristica che definisce i pessimisti è che essi tendono a credere che gli eventi negativi durino molto tempo, distruggano tutto e siano la conseguenza di colpe proprie. Gli ottimisti, quando devono confrontarsi con le avversità di questo mondo, si comportano in maniera opposta: tendono a credere che la sconfitta sia solo temporanea e che le sue cause siano circoscritte a uno specifico evento e che il fallimento sia conseguenza delle circostanze, della sfortuna o dell'azione di qualcun altro. Questi due modi di interpretare le cause hanno conseguenze importanti. Centinaia di ricerche dimostrano che i pessimisti si arrendono più facilmente e cadono più spesso in depressione. Evidenziano inoltre che gli ottimisti rendono meglio nello studio, nel lavoro, nello sport. Il loro stato di salute è buono, invecchiano bene e risentono molto meno dei consueti malanni fisici della mezza età. Prove empiriche suggeriscono che possono vivere più a lungo».

In tempi recenti, attraverso tecniche di *neuroimaging*, che permettono di fotografare il cervello mentre lavora, si è scoperto che le persone ottimiste presentano una maggiore reattività nelle aree cerebrali connesse all'elaborazione delle emozioni. Benissimo, la ricetta funziona, ma come si diventa ottimisti? Dove si impara questo atteggiamento nei confronti della vita? Non è facile in un momento storico come questo, avvelenato dalla crisi economica, dalla corruzione, da migrazioni, guerre, disoccupazione, valori in crisi. L'arma da mettere in atto è credere che la causa di quanto ci colpisce, qualunque essa sia, possa essere modificata. Così da vivere l'evento come temporaneo. Secondo Seligman diventare ottimisti significa apprendere una serie di abilità che consentono di dialogare adeguatamente con se stessi quando si deve affrontare una sconfitta personale. Mai sminuirsi, mai sentirsi colpevoli. Un esempio? Nel litigio con un figlio l'ottimista, nonostante si senta avvilito, pensa di poter chiarire le cose; è convinto che, mettendosi d'impegno, la relazione cambierà in meglio. E, come per incanto, è di nuovo pieno di energie e disposto ad affrontare una discussione. Questo vale anche per tante piccole avversità della vita quotidiana - un conto troppo caro da pagare, una multa, un rubinetto rotto, una disattenzione del coniuge o di un amico - che possono essere risolte senza cadere nella "ruminazione" negativa, in cui quanto avvenuto torna continuamente in mente, fino a rimuginarci sopra per ore.

L'ottimismo, tutt'altro che innato, è un atteggiamento che si apprende se lo si vuole.

Scrive ancora Seligman: «Le accuse che rivolgiamo a noi stessi di fronte alle avversità possono essere tanto infondate quanto quelle di una rivale gelosa. Le nostre spiegazioni riguardo al nostro comportamento sono in genere distorsioni. Sono cattive abitudini del pensiero che si sono formate nel corso delle spiacevoli esperienze del passato: i conflitti dell'infanzia, la severità dei genitori, la gelosia di una sorella più grande. Tuttavia, poiché siamo noi a formulare tali spiegazioni, le consideriamo assolutamente vere. In realtà esse sono semplicemente credenze e il fatto di credere una cosa non la rende vera. In questo caso è essenziale sospendere il giudizio per un momento e prendere le distanze dalle spiegazioni pessimistiche per un periodo di tempo sufficiente per verificarne la validità». Una ricetta salutare per non catastrofizzare quanto ci accade ogni giorno, usando la forza del pensiero "non negativo", come lo chiama lo psicologo statunitense. È l'ottimismo realista: con l'esempio del bicchiere mezzo pieno o mezzo vuoto non si vuole dimostrare che sia più vero l'aspetto positivo ma, supponendo che il bicchiere pieno sia preferibile, scattano la fiducia e la convinzione di poterlo riempire. E probabilmente, così facendo, ci riusciremo, ovviamente utilizzando il nostro spirito critico.

Giulia Maria Crespi (si veda l'intervista nelle Testimonianze), oggi novantenne, proprietaria e manager del *Corriere della Sera* per un decennio e fondatrice del Fondo per l'Ambiente Italiano (FAI), alla fine della sua autobiografia *Il mio filo rosso* scrive: «Quante diverse vite ho vissuto! Eppure dentro c'era sempre uno stimolo conduttore, intessuto tra gioie e dolori, che mi ha sempre accompagnata. Più prezioso di tutti quei doni belli, ricchi e straordinari che la vita mi ha elargito. Un interiore giovanile fluido. È come se svegliandomi al mattino quello Ieri in un certo senso fosse cancellato e il Domani ancora da scoprire. È una freschezza di vita che malgrado gli acciacchi e gli anni, ancora mi scorre tra le vene. Una forza irresistibile». Conclude Burrhus Skinner: «Per le persone di ogni età, ma in particolare per gli anziani, il godimento della vita non è l'oro che si estrae in pepite: deve essere raccolto granello per granello. Ma coloro che sapranno estrarlo industriosamente troveranno una ricca vena».

5

POTENZIARE il senso dell'UMORISMO

L'umorismo è un elemento chiave del repertorio umano fino al punto da essere considerato, assieme ad altre fondamentali caratteristiche, un suo attributo specifico. Essere allegri suggerisce l'idea di un buon equilibrio emotivo; non a caso, a prescindere dall'età, la psicoanalisi attribuisce all'umorismo una funzione utile alla salute mentale. La risata, secondo Freud, è come la valvola di un motore a vapore che permette di scaricare l'energia nervosa quando la collera o i desideri sessuali non possono trovare libero sfogo. Ma c'è anche una scienza della risata, la gelotologia (dal greco *ghelós*, riso) che ne studia i benefici, soprattutto in funzione di eventuali applicazioni curative, ad esempio la clownterapia, ideata dal famoso medico americano "Patch" Adams, che si pratica da tempo negli ospedali pediatrici.

In questi anni la ricerca ha accertato precisi benefici psicologici dell'humor: riduce l'ansia e la tensione nervosa, allenta lo stress, migliora la depressione, aumenta l'autostima, fa recuperare speranze ed energie. La partecipazione a un momento di allegria si traduce in uno stimolo che aumenta l'attenzione, una specie di sveglia per l'organismo che diventa più reattivo a quanto avviene nell'ambiente. La frequenza del battito cardiaco accelera e aumenta il flusso di sangue al cervello; di conseguenza la sua ossigenazione. La risata, quando è fragorosa, si accompagna all'attività dei muscoli del torace e dell'addome, perfino delle braccia e delle gambe, quando l'ilarità si fa incalzante. Qualsiasi sia il grado di coinvolgimento muscolare, la risposta emotiva al momento comico è un esercizio fisico benefico quanto la ginnastica quotidiana.

Tra gli altri effetti positivi, sono stati registrati un calo dell'ormone dello stress, il cortisolo, l'attivazione del sistema immunitario, l'aumento delle endorfine, con conseguente diminuzione del dolore e sensazione di euforia. Per quanto riguarda il cervello, da vari lavori di ricerca sulla "fisiologia" dell'umorismo è emerso che l'emisfero cerebrale destro, sede della creatività e dell'intelligenza intuitiva, svolge il ruolo più importante nella comprensione di una barzelletta o di una vignetta, mentre l'emisfero sinistro, più impegnato nel ragionamento logico, ne analizza i contenuti chiedendosi, in sostanza, perché sia così divertente.

Chi è in là con gli anni è ancora capace di umorismo? Difficile fare delle generalizzazioni; uno studio della gerontologa Vivian Clayton, *Aging and wisdom* (Invecchiamento e saggezza), sottolinea che gli anziani sono dotati di un ottimo senso dell'umorismo. Prevalgono, però, gli stereotipi negativi che prendono di mira la terza età; d'altro canto la fragilità attribuita alle persone anziane, quale elemento caratterizzante, le espone all'ironia dei più giovani, come se toccasse loro farsi carico degli aspetti negativi dell'esistenza. L'anziano, anche nel comico, fa da parafulmine alle angosce esistenziali della società: l'umorismo che lo maltratta è un ottimo meccanismo di difesa dall'angoscia della morte.

L'allegria riduce l'ansia e la tensione nervosa, allenta lo stress, migliora la depressione, aumenta l'autostima, fa recuperare speranze ed energie.

È importante, perciò, ai fini del legame fra umorismo e benessere psicologico, distinguere l'humor dalla comicità spicciola, ridicolizzante e svalutante.

Alla fine, imparare a cogliere il lato esilarante di una situazione che ci coinvolge e, ancor più, riuscire a essere autoironici, costituisce uno dei più efficaci e maturi meccanismi di adattamento. È il risultato di un continuo esercizio che va di pari passo con un percorso di crescita e non ha, quindi, limiti cronologici. Willibald Ruch, psicologo dell'Università di Zurigo che da decenni studia l'umorismo e i suoi effetti, sostiene che solo di recente la psicologia ha cominciato a interessarsi di questi temi, di cui per secoli si sono occupati soprattutto i filosofi. Secondo lo studioso, dobbiamo riscoprire la capacità di ridere su quanto ci accade. È difficile ma molto utile: le emozioni negative restringono la prospettiva, mentre se si riesce a trovare qualcosa di buffo in una situazione, diventa più facile trovare la soluzione.

Lezione preziosa, anzi imperativo categorico, per chi si trova a far fronte alle "scorrerie" dell'invecchiamento: l'allegria, sempre contagiosa, e tutto quanto suscita ilarità sono mezzi a portata di mano ed efficaci per contrastare momenti duri, difficoltà, scoraggiamento. Basta riconoscerne in ogni momento l'importanza per il senso del benessere e il rapporto con gli altri. Non a caso, da qualche tempo si è cominciato a sperimentare l'impiego della comicità nelle case di riposo, mediante rappresentazioni teatrali con la partecipazione di clown, e si è scoperto che è un'ottima consolazione per chi ha perso persone care e un antidoto al rischio di suicidio.

6

Fare ESERCIZIO FISICO

Nella prima parte del volume abbiamo dedicato molto spazio alle ricerche sul cervello, raccontando anche come si è scoperto che l'attività fisica ne potenzia le funzioni; un'assoluta novità, quest'ultima, frutto del lavoro delle neuroscienze. Sembra che l'esercizio fisico faccia diventare più vivaci intellettualmente e aiuti a mantenersi tali nonostante lo scorrere del tempo. Ma, come abbiamo detto, non si sa ancora quale sia la "dose" di fatica necessaria perché questo effetto positivo regga nel tempo. Gli studi fatti finora ipotizzano che mezz'ora, un'ora al giorno di movimento, anche il solo camminare, siano già sufficienti a favorire la concentrazione. Se poi questo ritmo è sostenuto per otto-dodici settimane consecutive, probabilmente si verifica anche un miglioramento delle capacità mnemoniche. E c'è anche la prospettiva, oggetto di ricerche a tutt'oggi, che l'attività fisica allontani lo spettro della malattia di Alzheimer. Fra i tanti studi in proposito, ricordiamo quello della gerontologa americana Mary Elisabeth Bowen che evidenzia come la corsa e il ciclismo, praticati con una certa

Gli sport più idonei a preservare il cervello sono quelli praticati all'aria aperta e in aree verdi, come la bicicletta, il tennis, il golf, lo jogging.

intensità, possano ridurre del 21% il rischio di demenza.

Il nuoto è un ottimo esercizio per gli over 65, così come lo sono la danza e la ginnastica, meglio se praticate in gruppo.

Gli sport più idonei a "salvarsi il cervello", tuttavia, sono quelli praticati all'aria aperta e in aree verdi – la bicicletta, il tennis, il golf, lo jogging – non solo perché lo sforzo blando ma prolungato favorisce l'utilizzo dell'ossigeno presente nei tessuti e l'aria non inquinata stimola l'ossigenazione del sangue, ma anche perché il rapporto con il terreno aiuta a mantenere l'equilibrio e il senso di stabilità, stimolando il benessere psichico.

Come ben sottolinea lo psichiatra americano Norman Doidge in *Il cervello infinito*: «L'aver indossato scarpe per decenni limita il *feedback* sensoriale dai piedi verso il cervello. Se camminassimo a piedi scalzi, il nostro cervello riceverebbe una grande varietà di input, come se camminassimo su una superficie irregolare. Le scarpe sono, invece, una piattaforma relativamente piana che disperde gli stimoli, e le superfici su cui ci muoviamo sono sempre più artificiali e lisce. Quando invecchiamo guardiamo i piedi mentre scendiamo le scale perché non riceviamo sufficienti informazioni da essi». Quindi, un ottimo antidoto a questa perdita di contatto è quello di camminare scalzi sulla spiaggia e sulla battigia in estate. E stare il più possibile a piedi nudi, anche dopo i sessant'anni.

Per la vita di tutti i giorni la neuroscienziata americana Wendy Suzuki in *Happy Brain* ci fornisce una serie di consigli divertenti: «Durante le interruzioni pubblicitarie alla Tv fate con i vostri famigliari piccoli saltelli sul posto divaricando e chiudendo le gambe e sollevando e abbassando le braccia; sfidate un amico a braccio di ferro; mettete la vostra canzone preferita e ballatela dove vi pare; fate le scale appena vi capita; giocate con il vostro cane e muovetevi con lui». Ma Suzuki va oltre, lanciandosi in stravaganze poco praticabili: «Portatevi sempre dietro una corda per saltare e usatela ogni volta che avete tempo; fate una battaglia di cuscini di quattro minuti con qualcuno che amate, etc...!!!».

Più aderente alla realtà l'idea di fare a piedi molte cose che ormai siamo abituati a fare in macchina: andare alla posta, svolgere qualsiasi tipo di commissione, la spesa (ovviamente, senza caricarsi di pacchi) e quant'altro. All'inizio sembrerà una costrizione ma, pian piano, ci accorgeremo che camminare tutti i giorni ci fa sentire più tonici e allegri. E aiuta a stare nel mondo. Bisogna uscire di casa, per il bene del corpo e dello spirito. E che ne dite di fare ogni giorno cinque minuti di hula-hoop, tornato stranamente di moda? È un allenamento straordinario per i muscoli addominali e il giro vita; forse, anche per la mente.

Dentro le mura domestiche è possibile fare una serie di esercizi utilizzando gli elastici comunemente usati per la riabilitazione, che si trovano nei negozi di articoli sanitari (si vedano le illustrazioni nelle pagine successive). Ne servono due, di due metri ciascuno: bisogna legarli a una estremità,

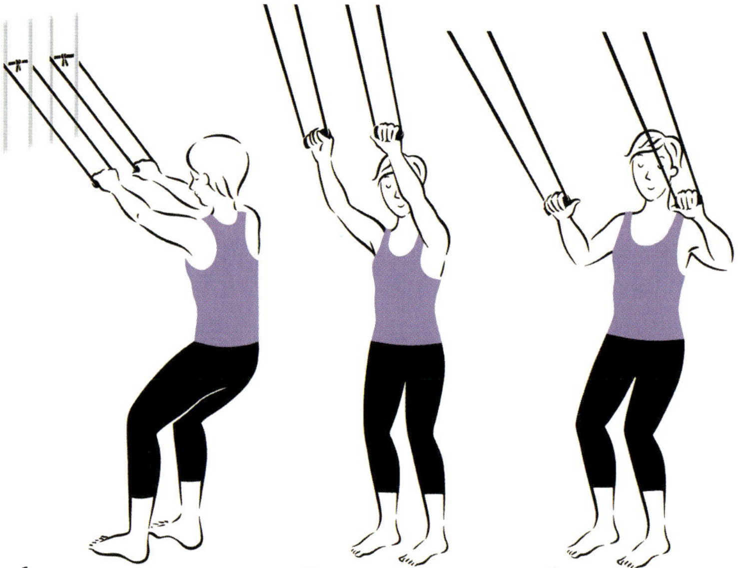

1 2 3

1) Fissare gli elastici che si usano per la riabilitazione a due ganci posti sulla parete (oppure ad altro supporto come, per esempio, le inferriate di una porta-finestra) a una altezza da terra di 2,5-3 metri e a una distanza fra loro di 40 centimetri circa; 2) Afferrare gli elastici tenendoli stretti con i pugni rivolti verso il basso, in posizione eretta e con le gambe leggermente piegate; 3) Tirare gli elastici verso di sé tenendo i gomiti all'altezza delle spalle.

in modo da creare un cappio, e fissarli a due ganci posti sulla parete (oppure ad altro supporto come, per esempio, le inferriate di una porta-finestra) a un'altezza da terra di 2,5-3 metri – in base alla statura della persona – e a una distanza tra loro di 40-50 centimetri, più o meno corrispondenti alla larghezza delle spalle. Una volta installati (1), afferriamo gli elastici dall'estremità libera, tenendoli stretti con i pugni rivolti verso il basso (2), rimanendo in posizione eretta e con le gambe leggermente flesse. A questo punto tiriamo gli elastici verso di noi, mantenendo i gomiti all'altezza delle spalle (3); poi, giriamo i pugni verso l'alto (4) e lasciamo che le braccia tornino nella posizione di partenza aiutate dall'elastico (5). All'esercizio, quando avremo imparato a eseguirlo, si può aggiungere un movimento della colonna vertebrale a livello lombare, curvandola alternativamente verso l'esterno e verso l'interno (6). In una fase successiva si possono associare movimenti delle gambe, accentuando la flessione e l'estensione.

4) Girare i pugni verso l'alto; 5) Lasciare che le braccia tornino alla posizione di partenza sulla spinta degli elastici; 6) All'esercizio si può aggiungere un movimento della colonna vertebrale, curvandola alternativamente verso l'esterno e verso l'interno.

Questi semplici esercizi, se eseguiti con costanza quotidiana, assicurano flessibilità alla colonna vertebrale, prevengono la rigidità articolare, rinforzano le braccia e le gambe, aumentano la resistenza alla fatica.

Per l'equilibrio, invece, che cosa possiamo fare? Si può esercitarlo rimanendo per un tempo sempre più lungo in posizione eretta su un solo piede, accanto a una parete cui appoggiarsi per non cadere. Oppure rimanere in piedi senza punti di appoggio, con i piedi l'uno davanti all'altro, cercando di restarci più tempo possibile.

Piccoli espedienti che ci ricordano quanto il movimento sia esplorazione, controllo dell'ambiente e soprattutto libertà – requisito essenziale per guardare alla tarda età con ottimismo – ma anche un'importante strumento per esaltare, in maniera determinante, la percezione del corpo, condizione indispensabile alla sensazione di sicurezza e di stabilità, tanto importanti quando più si va su con gli anni.

7

IMPARARE a RILASSARSI

Non riuscire a rilassarsi sembra diventato uno dei problemi chiave del nostro tempo e relax una parola mitica: “vado in vacanza, finalmente un po’ di relax!”, alzi la mano chi non ha mai pronunciato questa frase. Evidentemente nella vita quotidiana ci sono troppe sollecitazioni e tensioni che arrivano dal mondo esterno, dall’ambiente in cui viviamo, dalle relazioni che intessiamo o che siamo costretti a vivere per motivi di lavoro. Teoricamente molte di queste dovrebbero azzerarsi quando si arriva alla pensione – via il capoufficio arrogante, le corse nel traffico, il dover conciliare mille impegni! – ma, come abbiamo visto, non è proprio così, il rilassamento non arriva perché il tempo da riempire, da reinventare, è a sua volta fonte di ansia e di nervosismo. Allora è necessario trovare, se non l’abbiamo fatto prima, gli strumenti che ci aiutino a creare momenti di calma e di benessere fisico e psichico. A questo scopo esistono da anni tecniche collaudate che hanno avuto alterne fortune, a seconda delle mode: dal sofisticato training autogeno, in auge negli anni Settanta-Ottanta e ora un po' dimenticato, alla meditazione, o meglio *mindfulness* – tradotto, riduttivamente, in "consapevolezza" – anche questa un po' tramontata dopo un'ondata di interesse, allo yoga, che ha tuttora un grande successo. Vediamole sinteticamente.

Il training autogeno è abbastanza vecchio: fu elaborato nei primi decenni del Novecento da Johannes Heinrich Schultz, uno studioso tedesco che si era dedicato all'ipnosi. Si tratta di un allenamento all'autocontrollo mediante esercizi che possono ricordare l'autoipnosi: la persona che vi si sottopone, sotto la guida dell'operatore, sviluppa una crescente capacità di autosuggestione che gli permette di tenere a bada le proprie tensioni. Attualmente il training autogeno viene utilizzato nella preparazione mentale delle squadre sportive e dei singoli atleti di calcio, basket, pallacanestro, pallanuoto, sci, tennis e scherma. Fuori dallo sport è impiegato nei corsi di preparazione al parto, per curare l'insonnia, il colon irritabile, i tic, le cefalee.

La *mindfulness* viene dagli Stati Uniti: uno dei pionieri è Jon Kabat-Zinn – fra i suoi libri, tradotti in italiano, il più noto è *Vivere momento per momento* – biologo molecolare che nel corso degli anni Settanta ha cercato di integrare le sue conoscenze scientifiche con i principi del buddismo e dello yoga. *Mindfulness* significa prestare attenzione all'esperienza del momento, imparare la lucidità da dedicare a se stessi nel presente per viverlo pienamente. È una forma di meditazione adeguata all'esperienza di vita di tutti i giorni, che ha avuto ampia diffusione e si è rivelata utile nel controllo dell'ansia, dello stress e di molti disturbi psicosomatici. Non solo: l'anno scorso la prestigiosa rivista medica *Lancet* ha pubblicato una ricerca dove la *mindfulness* si è rivelata d'aiuto, addirittura, agli schizofrenici. Può servire a chi vive con disagio il passaggio dalla vita lavorativa al pensionamento? Chissà! La neuroscienziata Wendy Suzuki dà consigli di meditazione molto semplici, che ha sperimentato su se stessa: «Sedetevi in un posto tranquillo all'aperto e state in silenzio per 4 minuti, concentrandovi sulla natura senza pensare ad altro. Prima di andare a letto sedetevi comodi e concentratevi sul vostro respiro per 4 minuti». Si tratta di un training di meditazione focalizzata, che, come dice il nome, prevede di indirizzare a mantenere l'attenzione su un oggetto.

Non riuscire a rilassarsi è uno dei problemi chiave del nostro tempo: discipline come lo yoga o la *mindfulness* aiutano a creare momenti di calma e di benessere fisico e psichico.

Esiste poi una meditazione più avanzata, aperta, che sposta l'attenzione dal respiro a uno stato, ad esempio la gentilezza amorevole. Come si fa? Lo spiega ancora Suzuki: «Prima di tutto evocate mentalmente qualcuno che conoscete e amate o che avete conosciuto e amato in passato. Limitatevi ad assaporare a fondo la sensazione di gioia e di amore incondizionato che provate per quella persona. Quando sentirete fluire in voi una sensazione di gentilezza amorevole e di compassione, cercate di rivolgere quel sentimento verso gli altri. Potete iniziare con obiettivi facili, come i famigliari e gli amici più cari. Poi provate a indirizzare sentimenti di gentilezza amorevole verso un estraneo, come il passeggero seduto accanto a voi sull'autobus o il cameriere che vi serve il pasto. E ora viene la parte più difficile: provate con qualcuno con cui avete avuto dei problemi o che, addirittura, odiate». L'operazione non è semplice per la nostra mentalità, ma oltre a favorire il rilassamento, sembra potenziare certe funzioni del cervello: studiando con la risonanza magnetica soggetti che praticavano la meditazione sulla gentilezza amorevole da almeno cinque anni, è stato riscontrato un aumento di volume in due aree cerebrali associate all'empatia e all'umore. A una certa età non è un effetto da trascurare: se la *mindfulness* riesce a renderci più allegri e in sintonia con gli altri forse è da sperimentare. Jon Kabat-Zinn ci incoraggia con una frase intrigante: «Proviamo a coltivare l'intimità con noi stessi».

Più noto a tutti, meno ostico e ben conosciuto in Italia anche fra gli anziani-giovani, è lo yoga, disciplina in cui oggi confluiscono ginnastiche del corpo e della respirazione. Presupposto indispensabile, la presenza di un maestro/a. Praticato dai seguaci della religione buddista e di tutte le filosofie religiose indiane, lo yoga – termine che deriva dalla radice sanscrita *yuj*, unione – dovrebbe aiutare la persona a trovare un equilibrio interiore controllando il respiro, concentrandosi su una parte del corpo o assumendo posizioni particolari – per esempio la famosa posizione del loto: seduti a gambe incrociate con le braccia aperte verso l'esterno. Il beneficio, a quanto sembra, è sia fisico che mentale. L'allungamento dei muscoli che si compie nel corso della pratica, abbinato alla respirazione, favorisce l'ossigenazione dei tessuti mentre l'attenzione necessaria per assumere le varie posizioni stimola la capacità di concentrazione. E qui sta il punto di unione con la *mindfulness*, che dallo yoga ha attinto molto: la finalità è l'ascolto del presente senza altre distrazioni mentali.

Oggi esistono corsi di yoga di gruppo per la popolazione anziana: gli allungamenti e le sequenze di posizioni sono pensati per non richiedere sforzi eccessivi per i muscoli e le articolazioni o torsioni impegnative. Negli Stati Uniti, dove il successo dello yoga fra gli over 65 è arrivato prima che da noi, sono stati condotti diversi studi sugli eventuali benefici di questa disciplina. Ne ricordiamo uno recentissimo, pubblicato nel 2015 su *Topics in Geriatric Rehabilitation*, che ha controllato nell'arco di dieci anni il livello di densità ossea di 700 ultrasessantacinquenni, dei quali l'83% soffriva di osteoporosi. Chi ha aderito allo studio ha praticato per dieci minuti al giorno dodici posizioni yoga (si vedano le illustrazioni alle pagine successive), selezionate come le più idonee in una precedente ricerca. Il risultato? La densità ossea è aumentata sensibilmente, soprattutto a livello della colonna vertebrale e del femore. Un altro studio del 2008, realizzato alla Temple University di Philadelphia, ha verificato il beneficio dello yoga per la stabilità posturale di 24 donne ultrasessantacinquenni, scoprendo che dopo nove settimane le signore erano molto più sicure nel cammino ed elastiche nei movimenti.

Quando si parla di imparare a rilassarsi, non si può dimenticare infine l'efficacia della musica: dà un ritmo alla nostra attività, ci fa sognare, favorisce fantasie, ricordi, emozioni.

1. *Vriksasana*, l'albero.

2. *Trikonasana*, il triangolo.

3. *Virabhadrasana II*, il guerriero II.

4. *Parsvakonasana*, l'angolo laterale esteso.

5. *Parivritta Trikonasana*, il triangolo ruotato.

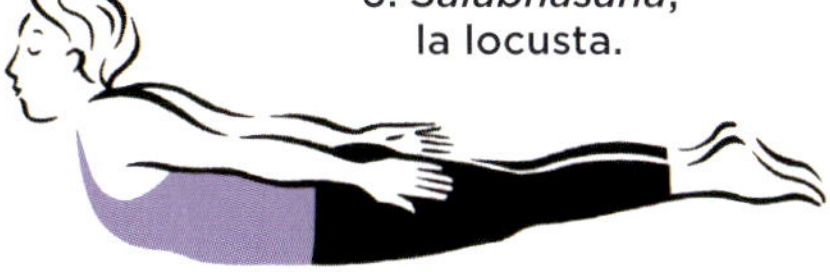

6. *Salabhasana*,
la locusta.

7. *Setu Bandhasana*,
il ponte.

8. *Supta Padangusthasana I*,
posizione coricata
con estensione delle gambe.

9. *Supta Padangusthasana II*,
la mano destra porta il piede
verso destra.

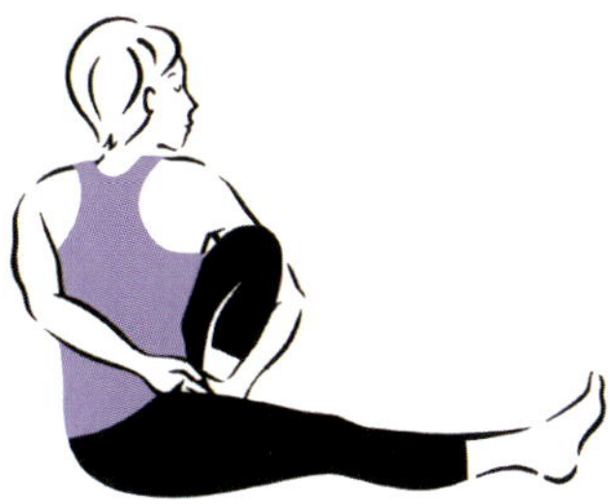

10. *Marichyasana II*, posizione
del Saggio Marichi II.

11. *Matsyendrasana*,
posizione di mezza torsione
del Signore dei pesci.

12. *Savasana, il cadavere*.

Anche se lontani da un'esperienza musicale diretta, spesso ci sorprendiamo a battere il tempo con movimenti spontanei dei piedi o delle mani e il nostro corpo sente il bisogno di muoversi. La musica allenta le tensioni muscolari, mette di buon umore e ci aiuta con i suoi ritmi a vivere il movimento come esperienza piacevole e non come fatica.

8

IMPARARE anche a STARE SOLI

Scrive il geriatra Marco Trabucchi in *I segreti di una vita sana e lunga*: «Se si considera la solitudine imposta, non desiderata, essa è causa di un appesantimento della vita e di un'ulteriore riduzione delle dinamiche di relazione. Ciò porta frequentemente a una condizione di salute deteriorata e a un accorciamento della vita; numerosi studi hanno analizzato questa relazione che sembra mediata dall'aumento dei fattori che regolano l'infiammazione e gli ormoni dello stress. Diversa è la sorte di chi accetta la solitudine come evento della vita e si attrezza per gestire da solo il tempo e i relativi problemi che possono comparire: è mediamente caratterizzato da una migliore condizione di salute e da una sopravvivenza prolungata. Questi eventi testimoniano come la stessa condizione possa essere vissuta in modo diverso in base al coinvolgimento con le realtà esterne, e come la vita premi l'uno degli atteggiamenti adottati invece dell'altro. La scelta individuale conta più dei fattori oggettivi».

Indubbiamente andando avanti con gli anni la trama dei rapporti con gli altri si assottiglia: accade per la perdita del coniuge, per la lontananza dei figli che ormai hanno la loro vita, per la scomparsa degli amici più cari. Una persona ancora in salute, autosufficiente, rimasta sola ma che non vuole vivere in comunità con altri anziani, si trova di fronte al problema di trovare la capacità di star da sola. Una spinta importante in questa direzione viene dal desiderio di non lasciare la propria casa, che è il guscio in cui è storicizzata l'esistenza stessa: gli oggetti, i mobili, le foto, i quadri, mantengono vivi i legami col passato, contribuiscono ai ricordi, sono testimonianza di identità. Ogni medico sa per esperienza che lasciare la propria abitazione in età avanzata espone al rischio di scompenso mentale o depressione.

Come conciliare, allora, il desiderio di mantenere la propria intimità, il bisogno di continuare a vivere nel proprio ambiente e la lontananza dagli altri che tanta importanza hanno avuto per un lungo tratto dell'esistenza? È difficile, ma si può fare: numerosi casi dimostrano che è possibile vivere la solitudine come scelta costruttiva, di riflessione e di ispirazione, che ci permette di "scrivere" i ricordi per nipoti e amici desiderosi di conoscere la nostra esperienza. Tutto questo è meno arduo se nel corso della vita si è sperimentata, anche per brevi momenti, la capacità di isolarsi, non come fuga dalla realtà, ma come pausa per un contatto più intimo con se stessi, al di fuori della monotonia abitudinaria che occupa la mente ma la sottrae al pensiero, come accade a tutti per l'incalzare delle sollecitazioni del mondo esterno.

Acquisire la capacità di star soli vuol dire mantenere più facilmente l'equilibrio emotivo e utilizzare al meglio le funzioni intellettuali in situazioni impreviste. Significa essere resilienti in una fase della vita in cui sono più frequenti le occasioni di scompenso psicologico. "Bastare a se stessi" si contrappone a quel *horror vacui* che ci spinge a cercare sempre la compagnia dell'altro, a non fermarci mai, a sfuggire le pause di riflessione per non prendere coscienza della nostra vulnerabilità. Star soli, dunque, non come espressione di misantropia, ma come capacità di autosufficienza emotiva.

Acquisire la capacità di star soli vuol dire mantenere più facilmente l'equilibrio emotivo e utilizzare al meglio le funzioni intellettuali in situazioni impreviste.

Probabilmente la capacità di star soli viene da lontano, è frutto di un equilibrio che ha radici nella prima infanzia. Non a caso della questione si sono occupate due eminenti figure della psicoanalisi infantile: l'inglese Donald Woods Winnicott e l'austriaca Melanie Klein. Il primo, pediatra e psicoanalista, in *The Capacity to be Alone*, scritto nel 1958, ipotizza che la capacità di stare da soli si costruisca nell'infanzia grazie al rapporto con una madre che permette al bambino spazi di autonomia pur essendo presente. In sostanza, secondo Winnicott, la capacità di star soli è uno dei più importanti segni di maturazione dello sviluppo emotivo: ha origine, nel bambino, sia pure in presenza di una figura materna rassicurante ed è una delle tante caratteristiche di personalità che ci accompagnano per la vita. Analoga l'impostazione di Melanie Klein, importante psicoanalista del Novecento, che in *On the*

Sense of Loneliness sostiene che la sensazione di solitudine nasce dall'angoscia della perdita della felicità caratteristica del rapporto esclusivo con la madre nelle prime fasi dell'esistenza; poi con la costruzione della propria identità, viene via via scemando.

Osservazioni su cui riflettere quando pensiamo che la solitudine sia soltanto fonte di disagio: la capacità di bastare a se stessi, letta in questa chiave, è fonte di benessere e di autonomia sotto il profilo psicologico. Il che non significa che si debba stare soli: ognuno di noi ha bisogno degli altri, di presenze, di stimoli, di affetto.

La capacità di adattamento alla solitudine, fra gli over 65, non è per tutti uguale: le donne, complici forse la consapevolezza di un destino di maggior longevità rispetto all'uomo e una predisposizione ad accettare le situazioni e a cercare di conviverci, sembrano più attrezzate psicologicamente ad affrontare la vita da sole. Un ulteriore argomento contro lo stereotipo del sesso debole, proprio in un'epoca della vita in cui la maggiore vulnerabilità fisica e psichica sembra essere un assioma.

9

RICORDARSI che siamo ANIMALI SOCIALI

La persona anziana spesso viene a trovarsi isolata. Il rimanere vedovi e talvolta lontani dai figli, può determinare una condizione di solitudine, soprattutto se manca l'autonomia negli spostamenti.

Dai dati sulla soddisfazione del rapporto con gli altri dell'ultimo *Rapporto sul benessere equo e sostenibile* dell'Istat, emerge che nella fascia tra i 20 e i 24 anni la percentuale di persone che si dichiarano soddisfatte delle relazioni amicali è il 34,6%; tra i 45 e i 74 anni i livelli si attestano al 18-20%; dai 75 anni in su crollano, fermandosi a un modestissimo 15,45%. Lo stesso calo si registra per le reti di solidarietà: all'aumentare dell'età, la quota di persone che dichiara di avere parenti, amici e vicini su cui contare si riduce progressivamente per toccare il valore più basso tra chi ha superato i 75 anni. Indubbiamente, chi va su con gli anni vede diradarsi le relazioni, nonostante l'Italia sia un Paese in cui le reti sociali hanno sempre svolto un ruolo fondamentale per la qualità della vita della popolazione e dei segmenti più svantaggiati e vulnerabili.

Chi va su con gli anni vede diradarsi le relazioni, ma la tendenza a limitare o escludere il rapporto con gli altri può derivare anche da noi stessi.

Nell'ultimo rapporto si registra, peraltro, una tendenza al miglioramento dopo il calo registrato negli anni di massima crisi, soprattutto il 2011, spia di isolamento e di scarsa fiducia nel prossimo.

Tuttavia la tendenza a limitare o escludere il rapporto con gli altri può derivare anche da noi stessi, da una certa intransigenza, dal pretendere che parenti, amici, vicini di casa abbiano requisiti e caratteristiche di comportamento corrispondenti alle nostre aspettative. Ci si trova più facilmente con chi ha le stesse idee, è evidente, ma se diventiamo selettivi al punto di escludere chi non la pensa come noi, l'isolamento rischia di diventare pesante, soprattutto se non abbiamo coltivato quella capacità di star soli che ha origini remote e caratterizza una fase precoce del percorso di maturazione. Si può arrivare alla diffidenza, alla sospettosità, fino alla percezione dell'altro come nemico. Un meccanismo difensivo che comporta un ulteriore scollamento dall'ambiente circostante e non esclude l'evoluzione verso un vero e proprio disturbo mentale.

Non a caso la rete delle relazioni e dei contatti fra le persone viene oggi indicata con l'espressione "capitale sociale", patrimonio su cui la persona fragile può contare nei momenti di difficoltà, che le permette di sentirsi inserita nel mondo e di mantenere vivo il rapporto con la società. Capitale sociale che per gli anziani diventa una vera e propria ricchezza, consentendo percorsi di vita comuni. Interessante a questo proposito il confronto con certe realtà statunitensi che sposano un punto di vista opposto e rispondono al rischio della solitudine con l'autoisolamento collettivo in comunità riservate ad anziani ricchi. È ben nota la storia di Sun City, città per anziani inaugurata in Arizona nel 1960 che ha avuto un successo tale da contare oggi oltre 40mila abitanti. Una comunità privata fornita di tutti i comfort e di eccezionali misure di sicurezza, dove l'età media è 75 anni e il principio ispiratore è godersi "l'ultimo squarcio di sole" della vita in una situazione di privilegio liberamente scelta. In seguito, molte soluzioni analoghe sono sorte negli Stati Uniti. Come spiegare il successo di questa autosegregazione dorata? Gioca un ruolo chiave il bisogno di sicurezza, che in America ha raggiunto livelli di ossessione, ma non basta. Scrive Enrico Pugliese in *La terza età, anziani e società in Italia*: «C'è il riflesso della ricerca di esclusività e di privilegio e l'adesione a una sorta di utopia del controllo e dell'ordine dove nulla della confusione e del disordine che preoccupa gli anziani all'esterno possa verificarsi. Tali soluzioni mostrano, comunque, oltre alla volontà di chiudersi all'interno della propria area di privilegio, anche un bisogno di socialità».

In Italia una scelta del genere è inimmaginabile, anche per i ceti più benestanti, mentre sta emergendo un fenomeno nuovo: la fuga di coppie di anziani-giovani, fra i 65 e i 75 anni, in Paesi in cui le pensioni hanno ancora un certo potere d'acquisto, principalmente le Canarie e il Portogallo. Stanchi di una tassazione opprimente, fuggono dal nostro Paese lasciando figli e nipoti, per approdare in luoghi dove non conoscono la lingua, devono trovare casa e inventarsi un vita; lì entrano in relazione con altri "emigrati" italiani coetanei. In questo esodo, senz'altro penoso perché dettato da un bisogno di sopravvivenza – si parla per lo più di persone con mille euro di pensione – si legge anche una grande capacità di adattamento a diversi contesti sociali e a nuovi rapporti. Nelle varie inchieste televisive realizzate negli ultimi mesi sul fenomeno, queste coppie sembrano ben inserite e, tutto sommato, soddisfatte.

Il bisogno di stare con gli altri è irrinunciabile e al contrarsi della vita familiare – ormai difficilmente i nonni coabitano con figli e nipoti, anche se spesso è intenso il rapporto con questi ultimi – ha corrisposto una grande espansione dell'associazionismo. Il fenomeno è abbastanza recente, tanto che analisi sociologiche e politologiche, soprattutto di influenza americana, avevano in passato sottolineato la carenza di spirito associativo in Italia. Puntualizza ancora Pugliese: «Quel tipo di analisi non teneva conto a sufficienza delle forti relazioni quotidiane che si vivevano in alcune regioni all'interno dei partiti politici, ad esempio il Partito Comunista. Ma soprattutto non si considerava l'importanza dei sindacati. E invece proprio i sindacati rappresentano per i pensionati un momento associativo di grande espansione».

Non dimentichiamo che l'Auser, l'associazione per l'autogestione dei servizi e la solidarietà che oggi conta 305.000 iscritti (il 51% donne) e ben 1500 sedi, con un'intensa attività di servizi di aiuto alla persona, di iniziative culturali, di apprendimento e di solidarietà internazionale, è stata creata proprio dalla CGIL. D'altronde l'associazionismo cui gli anziani partecipano con entusiasmo, come abbiamo già visto parlando del volontariato, non è solo quello legato al sindacato.

Alla luce di queste considerazioni possiamo affermare che le relazioni sociali sono uno dei pilastri di un buon invecchiamento. Impariamo dunque a cogliere anche un solo aspetto positivo o interessante nell'altro; la diversità è un arricchimento per entrambi. Un'apertura che è anche prova di quella flessibilità mentale che dovremmo mettere in pratica il prima possibile nell'arco della vita, non soltanto dopo i sessant'anni. Qualcuno sostiene che i vecchi hanno la pessima abitudine di dire agli altri che cosa devono fare e come farlo. È spesso l'effetto collaterale dell'essere in pensione, di non avere un ruolo attivo, ma cerchiamo di rendercene conto: un consiglio non richiesto quasi mai fa del consigliere un compagno apprezzato.

10

Migliorare la COMUNICAZIONE con gli ALTRI

Comunicazione è informazione, trasmissione e scambio di idee; è tutto quel che mette in rapporto individui, gruppi, culture e Paesi diversi. Oggi enormemente favorita dalla tecnologia, la comunicazione è mezzo di progresso, di evoluzione, di crescita ma anche veicolo di pregiudizi, di conflitti quando i messaggi sono contraddittori o ambigui.

La qualità della comunicazione è legata al livello culturale dell'individuo e soprattutto alle sue capacità mentali, ovvero all'integrità delle sue strutture cerebrali. Di per sé, dunque, non esiste una tipologia di comunicazione che caratterizza la terza età. Come per altri aspetti dell'invecchiamento, nella persona sana si possono verificare lenti e impercettibili cambiamenti determinati da nuove abitudini di vita, da modifiche nel rapporto con l'ambiente. Ad esempio, l'insegnante in pensione può perdere l'incisività tipica del linguaggio didattico, a favore di una modalità comunicativa più consona a una conversazione davanti a una tazzina di caffè. Ma in tutto questo non c'è niente di patologico.

Certamente la comunicazione verbale richiede energia fisica e pertanto risente delle condizioni di salute di chi parla. Ma quello che più la caratterizza è la motivazione, l'interesse per l'argomento da esprimere, il coinvolgimento emotivo che dà colore al messaggio e lo rende efficace. Siamo in ogni momento interessati, o spesso poco attenti a quello che diciamo? Un modo di parlare fiacco e distratto può dar luogo a uno dei tanti stereotipi sugli anziani: presta poca attenzione, le parole non sempre sono chiare, il parlare è monotono; quindi, sta invecchiando. Non c'è dubbio che le idee preconcette sugli anziani sono sempre dietro l'angolo. Basta far caso a quante volte i più giovani si rivolgono loro con un linguaggio condiscendente, protettivo, parlando lentamente, con frasi semplici e termini familiari, fino a forme di cicaleccio infantile quando hanno a che fare con i ricoverati nelle case di riposo. E che dire quando il personale sanitario si rivolge al paziente anziano con il *tu* o con appellativi magari affettuosi nelle intenzioni, ma poco rispettosi dell'autostima e dell'identità di quella persona?

Al di là dei pregiudizi, il livello di scolarità è un fattore determinante nel mantenere a una certa età una capacità di comunicazione efficace e gradevole all'ascolto, del tutto simile a quella di una persona giovane altrettanto istruita. Tuttavia negli anziani sono state descritte tipologie di comunicazione verbale non dovute a malattie, ma a caratteristiche di personalità quali l'estroversione, l'egocentrismo, un'eccessiva preoccupazione di sé, lo stress, lo scarso supporto sociale, la combinazione di più fattori. Un comportamento che ha attirato l'attenzione dei ricercatori, per la frequenza con cui si presenta, è l'eccessiva verbosità. Alcuni soggetti tendono a impiegare un quantità notevole di parole, associate in modo vago all'argomento di cui si sta parlando. Questo tipo di comunicazione, dominata dalla difficoltà di mettere a fuoco o mantenere l'attenzione sull'oggetto della conversazione, è stata indicata da alcuni autori americani come *Off-Target Verbosity*, un fiume di parole che perde di vista l'argomento. Il colloquio si trasforma in un monologo, in cui l'anziano perde spesso il filo del discorso. Talvolta la propensione a ripetere, senza raggiungere le dimensioni della verbosità, può esser provocata dalla difficoltà a mantenere l'attenzione o dall'insicurezza in merito all'efficacia del proprio messaggio. In alcuni casi, invece, la verbosità rappresenta il segno iniziale di un deficit intellettivo.

Alla luce di queste considerazioni, andando su con gli anni, cerchiamo di esprimerci con frasi concise: è lo stile comunicativo più efficace per mantenere l'attenzione e l'interesse di chi ci ascolta. Il messaggio più è breve, più è incisivo. È un esercizio utile per la mente che comporta la selezione del termine giusto e il rispetto della forma sintattica; in più, non avremo annoiato l'interlocutore e distratto la sua attenzione. Non perdiamo l'occasione di essere simpatici e credibili, soprattutto per non spingere chi ci ascolta verso lo stereotipo degli anziani che chiacchierano troppo e che, come hanno scritto Nikolas Coupland e Howard Giles, fanno una "divulgazione dolorosa delle proprie pene".

La qualità della comunicazione non dipende soltanto dal messaggio verbale analizzato finora: il contenuto emotivo del messaggio viene trasmesso dal corpo, dall'espressione del viso, dalla mimica, dalla gestualità e dalla voce, con il suo volume, il tono, le pause. Disagio o confidenza, disaccordo, fastidio e soddisfazione sono tutti sentimenti che, a nostra insaputa, il corpo trasmette a lato del messaggio verbale che inviamo. È interessante sottolineare che la congruenza o l'omogeneità dei due messaggi, verbale e non verbale, ne sostiene la veridicità, mentre la discordanza tra le due modalità espressive può generare, nel destinatario, incertezza su quanto è stato detto.

La concisione è lo stile comunicativo più efficace per mantenere l'attenzione e l'interesse di chi ci ascolta. Il messaggio più è breve, più è incisivo.

Si dice che il corpo porta il peso degli anni o che non dimostra l'età che ha. Prendiamo ad esempio la postura: con il trascorrere del tempo, la postura si modifica fino al punto da permettere, alla semplice osservazione, una lettura immediata dell'età di quella persona. Infatti, prima di ogni altro dato, è il modo di stare in piedi, di muoversi, quello che ci fa dire "è ancora giovane" o "è un vecchio".

Anche l'andatura è fonte di messaggi: trasmette energia, vitalità, eleganza, ma soprattutto coordinazione e stabilità, attributi che troviamo nei soggetti giovani ma che vorremmo poter riscontrare anche nei più anziani. Semplici esercizi per la flessibilità, la forza muscolare, la resistenza alla fatica, l'equilibrio, se praticati tra le altre abitudini quotidiane, possono migliorare la capacità comunicativa del nostro linguaggio corporeo anche in età avanzata.

Il corpo parla anche attraverso il tatto: una forte stretta di mano comunica energia, interesse, partecipazione, trasmette ottimismo. Da parte di una persona anziana è un chiaro messaggio di vitalità.

Infine, uno dei fattori che incide non poco sulla comunicazione con l'avanzare dell'età è l'abbassamento dell'udito, che i medici chiamano presbiacusia: se riconosciuto con tempestività, può essere corretto con una piccola protesi acustica inserita nel condotto uditivo esterno. Tuttavia, quando il deficit è agli esordi, può indurre chi lo accusa a perdere fiducia nella propria capacità di comunicare e precludere la richiesta di chiarimenti quando il significato delle parole sfugge perché non si è sentito bene. Con il rischio di provocare ansia, depressione e isolamento. Per evitarli basta sottoporsi a una valutazione audiometrica, da cui scaturirà la relativa correzione. Dopo i quarant'anni, nessuno pensa di fare a meno degli occhiali quando la presbiopia riduce la visione chiara nella lettura. Perché rifiutare una protesi acustica?

IL MOMENTO FINALE

«La vita non può essere pensata senza la morte. Gli uomini sono, non a caso, chiamati "i mortali": anche i più cinici, i più spregiudicati e spensierati, i più sprezzanti e indifferenti, prendono sul serio almeno in qualche momento della loro vita la morte, se non quella degli altri, la propria. La morte presa sul serio è la fine ultima, oltre la quale non c'è un nuovo principio».

Così scrive Norberto Bobbio, scomparso nel 2004, in *De senectute*. Per il filosofo e giurista ogni raffigurazione di un aldilà è frutto dell'immaginazione: «Sarei curioso di sapere come coloro che credono alla vita dopo la morte se la rappresentano. Curiosità legittima: come si potrebbe altrimenti credere in qualche cosa di cui non si ha né un'idea né un'immagine? Le risposte possibili sono molte. Una delle più comuni, oltre quella che ci viene incontro dalla nostra tradizione religiosa, secondo cui l'altro mondo sarebbe il luogo dove si compie la giustizia divina che premia i buoni e castiga i cattivi, è quella che ci proviene dalla tradizione popolare: il mondo dell'aldilà è il luogo dove i morti incontrano altri morti, quelli che sono stati in vita più cari...».

Se guardiamo alle varie culture, le raffigurazioni di una vita ultraterrena sono molto diverse - anche se l'attuale processo di globalizzazione porterà forse, nel tempo, a un livellamento di queste differenze - ma certamente, un comun denominatore c'è. «Tutte le religioni includono credenze nel sovrannaturale, nella forma di fantasmi, spiriti, o altre entità che hanno una vita mentale, ma non (o in misura difforme dalla norma) una struttura fisica e biologica. La gran parte delle religioni, inoltre assume l'idea della creazione intenzionale del mondo e della sopravvivenza dopo la morte» sintetizzano efficacemente lo psicologo Vittorio Girotto, il filosofo Telmo Pievani e il neuroscienziato Giorgio Vallortigara in *Nati per credere*.

A tutt'oggi, però, tra Oriente e Occidente, rimangono distinte le posizioni, i vissuti e, quindi, i comportamenti di fronte alla morte. Nelle culture orientali la vita e la morte appartengono ugualmente e in pari misura al processo dell'esperienza umana e contribuiscono al significato stesso della persona (per il buddismo la morte è il momento della grande illuminazione). In Occidente la morte è considerata un evento esterno all'individuo, quasi un oltraggio e un affronto, non certo quel passaggio necessario da una vecchia a una nuova vita che indicano le nostre credenze religiose, il cammino verso un aldilà di ricompense e di punizioni eterne. D'altro canto l'enfasi sul progresso e le conquiste sulla natura, viste come elementi indispensabili alla realizzazione dell'uomo, hanno favorito l'emergere di un comune sentire che nega l'idea della morte, ne allontana la necessità biologica. E la medicina tecnologica di questi ultimi decenni, con i suoi potenti mezzi di rianimazione, ha contribuito non poco a una sorta di illusione di immortalità. Ma, come ricorda Umberto Veronesi in *I segreti della lunga vita*, scritto insieme al giornalista Mario Pappagallo: «Il fenomeno della cessazione della vita fa parte di un processo che riguarda tutti gli esseri viventi: uomini, animali, piante. La morte è per la scienza l'evento conclusivo del ciclo vitale osservabile e risponde al disegno biologico universale espresso nel Dna di ogni forma di vita. In questa visione la morte ha una funzione biologica: perché il ciclo della vita compia il suo rinnovamento continuo, è necessario lasciar spazio ai nuovi arrivati».

Facile a dirsi, più difficile da accettare, tanto più quando ci si avvicina al momento in cui il ciclo vitale sta per esaurirsi. Come si configura l'idea della morte a chi ha raggiunto l'età in cui si comincia a guardarla in faccia? Inevitabilmente in modo diverso rispetto agli anni della maturità: il vissuto, le reazioni emotive e i comportamenti si modificano nel corso dell'esistenza. Nel bambino l'allontanamento di un genitore o un giocattolo che si rompe, nell'immediato, diventano una perdita inconsolabile, facendo intravedere quella che è ritenuta un'anticipazione dell'angoscia di morte. La persona giovane, impegnata nell'affermazione di sé, investe ogni energia nella costruzione di un futuro che tiene lontano il pensiero della fine dell'esistenza, collocata in un orizzonte remoto, quasi estraneo.

Il cambiamento nel pensare la morte, quale realtà onnipresente e ineludibile, destino biologico di ogni vivente, si intravede negli anni della maturità: non coincide con una precisa

Nell'anziano la morte non coincide soltanto con la fine biologica dell'esistenza, ma si presenta "in anticipo" con la scomparsa delle persone care e i cambiamenti irreversibili subiti.

età cronologica, piuttosto con l'inizio di una maggiore stabilità emotiva. Di solito è la fase in cui abbiamo realizzato le nostre aspirazioni professionali, siamo approdati a una qualche stabilità, ci sono i figli. Nella vecchiaia, poi, molto dipende dalle condizioni di salute. Una malattia cronica e invalidante, la dipendenza dall'ambiente, una sofferenza fisica che non si riesce a controllare con i farmaci, possono far percepire la morte come una realtà vicina, ora desiderata, ora temuta. Ma nella maggior parte dei casi gli anziani sani, pur nella consapevolezza di aver vissuto a lungo e che il tempo rimasto a disposizione non lo è altrettanto, qualora non siano esclusi dal gruppo di appartenenza, sembrano pensare alla fine della vita con una certa serenità. Secondo uno studio dell'Istituto Nazionale di Salute Mentale statunitense – NIMH, acronimo di *National Institute of Mental Health* – il 55% dei soggetti anziani vive serenamente l'idea della morte, il 30% tende a evitarne il pensiero e il 15% è angosciato dall'idea di non esserci più.

Nell'anziano la morte non coincide soltanto con la fine biologica dell'esistenza ma si presenta "in anticipo" con la scomparsa delle persone care, le separazioni e i cambiamenti irreversibili subiti, come la perdita di autonomia per chi ha vissuto sempre in indipendenza. Le modalità di reazione agli eventi negativi e alla percezione stessa di una precarietà in continuo crescendo dipendono in larga parte da caratteristiche di personalità preesistenti, che permettono ad alcuni anziani un atteggiamento sereno di fronte alla morte, dignitoso e di conforto per chi sopravvive loro. È quella capacità di adattamento, quella resilienza di cui abbiamo parlato a lungo che, sviluppata in epoca remota, non abbandona nel momento di maggior bisogno. Espressioni come "è morto coraggiosamente come è vissuto", oppure "è venuto meno con semplicità, come è sempre stato", sono indice di un equilibrio emotivo, pur nella consapevolezza di essere arrivati alla conclusione della propria esistenza.

Ognuno di noi si chiede come sia possibile convivere con l'idea che un giorno non ci saremo più, svaniranno i nostri legami affettivi e le cose di cui ci siamo circondati come se non fossero mai esistiti. Per dirla con Franklin Delano Roosevelt, l'unica cosa che dobbiamo temere è che la paura della morte ci impedisca di goderci la vita, fermo restando che per i credenti l'aspirazione all'immortalità è in qualche modo soddisfatta dalla religione. Tra gli aforismi che ci permettono di guardare alla realtà della morte con una punta di ironia, ci piace citare Epicuro: «Il più terribile dunque dei mali, la morte, non è nulla per noi, perché quando ci siamo noi non c'è la morte, quando c'è la morte noi non siamo più».

In una visione laica esistono strategie, esempi da seguire, stili di vita, che rendano realizzabile, in età molto avanzata, una vita soddisfacente e meno condizionata dall'angoscia della morte? Lo studio di alcuni gruppi di ultracentenari della valle di Vilcabamba, nella zona centrale dell'Equador, nel lontano 1976 – spedizione scientifica organizzata dall'Istituto di Gerontologia di Firenze diretto dal professor Francesco Maria Antonini, cui ha partecipato chi scrive – e, negli anni successivi, i rilievi su alcuni ultracentenari che vivevano in famiglia a Firenze, hanno permesso di evidenziare alcune caratteristiche comuni molto interessanti, oggetto di possibili riflessioni, nel rapporto con la morte in tarda età. Una caratteristica che accomunava il gruppo dei longevi di Vilcabamba, tutti ultranovantenni, alcuni tra i 112 e i 120 anni (date di nascita controllate da una minuziosa ricerca sui registri battesimali) era il loro stile di vita.

Nonostante l'alimentazione prevalentemente vegetariana – i cibi di origine animale, latte e formaggi erano riservati ai più giovani, bisognosi di proteine nobili per la crescita – questi grandi vecchi erano continuamente in movimento: percorrevano quotidianamente anche lunghe distanze, coltivavano cereali, verdure e legumi per il fabbisogno familiare. Una vita straordinariamente dura, ma nella comunità in cui erano immersi non esisteva la competizione, tutti si conoscevano e, proprio perché più avanti negli anni, i centenari godevano di particolare rispetto.

Erano considerati i "saggi" che elargivano consigli e suggerimenti, cosa che comportava un notevole impegno cerebrale nel continuo collegamento tra passato e presente. Ma l'elemento fondamentale di tanta serenità ci sembrò la loro posizione di potere e di influenza sull'ambiente circostante: essere al centro dell'attenzione, sentire di avere ancora uno scopo per cui vivere. Dove trovare il tempo per ripiegarsi su se stessi e abbandonarsi alle ruminazioni di un destino universale ma tragico?

«Il sole e la morte non possono essere fissati a lungo» scriveva il filosofo e aforista francese François de La Rochefoucauld. Anche nel piccolo gruppo degli ultracentenari fiorentini - un uomo di 101 anni, e due donne rispettivamente di 105 e 111 anni - oggetto di studio in un lavoro monografico, *Dolore e angoscia di morte*, la consapevolezza che il termine sia vicino viene vissuta senza angoscia. La spiegazione potrebbe trovarsi nell'aver riacquistato un ruolo importante: l'ultracentenario si trova al centro dell'interesse e della curiosità di chi vorrebbe conoscere e impossessarsi del segreto della sua longevità. Anche qui, come per i grandi vecchi di Vilcabamba, l'elemento essenziale ci è sembrato il riappropriarsi del "controllo" dell'ambiente, o meglio della propria influenza.

Quindi, se invecchiare è un privilegio, il rischio è di essere messi da parte perché obsoleti. Ne derivano quell'isolamento e quel vuoto in cui trova sempre più spazio la morte, come paura o desiderio. Le alternative più funzionali all'angoscia di morte sono dunque l'impegno, uno scopo per cui lottare, la curiosità, il rialzarsi e ricominciare, imparare qualcosa di nuovo. E, ancora, la creatività, l'entusiasmo, la capacità di sorprendersi. Citando Spinoza: «L'uomo libero non pensa affatto alla morte e la sua sapienza è meditazione non della morte, ma della vita».

Concludono Marcello Cesa-Bianchi e Carlo Cristini in *Vecchio sarà lei!*: «E allora, invecchiare si deve, perché solo invecchiando si può realizzare compiutamente il senso della propria vita, riconoscere la valenza della propria identità. E invecchiare si può in termini positivi se si valorizza il sentimento di solidarietà, si conserva la speranza e si vive la morte come l'ultima esperienza, sigillo finale della nostra esistenza».

PARTE TERZA

testimonianze

le PAROLE PER DIRLO

Per concludere bene questo libro, non potevano mancare gli esempi viventi di quell'invecchiamento attivo di cui abbiamo tanto parlato e che tanto auspichiamo.
Abbiamo scelto tre "testimonial" che hanno trascorso l'esistenza in ambiti diversi, ma che oggi hanno in comune, oltre alle novanta primavere, una straordinaria vitalità, una grande presenza a se stessi e, ci pare, una giusta dose di serenità. Sono Marcello Cesa-Bianchi, grande pioniere della psicologia in Italia, Giulia Maria Crespi, editrice del *Corriere della Sera* a cavallo degli anni Settanta, fondatrice del FAI - Fondo Ambiente Italiano e apripista dell'agricoltura biodinamica, e Dario Fo, drammaturgo, attore, regista, pittore, Premio Nobel per la letteratura (e cos'altro?).

MARCELLO CESA-BIANCHI

A novant'anni dà ancora prova di quella straordinaria capacità di studiare che lo ha accompagnato tutta la vita. Non a caso la professoressa del ginnasio, al Parini, lo chiamava *pe' d'oca* (in milanese, "pelle d'oca") per la sua tendenza, quasi ossessiva, a impegnarsi, a ottenere dei risultati. Secchione sì, ma *Balilla* mai, come tiene a sottolineare: «Vengo da una famiglia antifascista: mio padre durante la persecuzione razziale nascose nel suo studio un ingegnere ebreo, salvandolo dalla deportazione». Marcello Cesa-Bianchi, che nella città meneghina è nato e sempre vissuto – «non è bella» dice «ma piena di spunti sotto il profilo culturale e umano difficili da trovare altrove» – è uno dei padri della psicologia in Italia, declinata nei vari aspetti, dalla psicologia clinica e quella del lavoro, da quella sociale alla psicogeriatria, che lo portò a elaborare l'idea di una vecchiaia positiva. Di risultati ne ha ottenuti tanti, bruciando i tempi. Si è laureato in medicina a 23 anni, specializzato in psicologia alla Cattolica di Padre Agostino Gemelli a 25 anni e in malattie nervose e mentali due anni dopo a Pavia, nel 1957. Poco più che trentenne, ottiene l'insegnamento di Psicologia presso la Facoltà di Medicina della Statale di Milano e, nel '65, diviene Direttore dell'Istituto di Psicologia appena creato, che dirige poi fino al 2001 - per molti anni gli fu accanto come segretaria Licia Pinelli, la vedova dell'anarchico morto tragicamente. Anni pionieristici vissuti in tandem con un altro grande, il fondatore della psicoanalisi in Italia, Cesare Musatti, scomparso nel 1989.

In quegli anni - siamo intorno al 1960 - la psicologia, pur resuscitata dall'ostracismo cui l'aveva condannata il ventennio fascista, era vista dai medici come "il divertimento per l'ora del tè", non in grado di incidere sui problemi per i quali il chirurgo e il farmacologo erano considerati determinanti. Il rapporto fra mente e cervello era visto in chiave organicista: la prima era ritenuta il risultato dell'attività del secondo, non esistente come entità autonoma. E che dire del decadimento mentale dell'anziano? Un processo funesto e irreversibile. Tutto da costruire, dunque. Al contempo era necessario regolarizzare la situazione, diventata insostenibile, delle Scuole private di specializzazione in psicoterapia, e introdurre strumenti di verifica di quest'ultima. Un lungo cammino, costellato da tre lauree *honoris causa*, ricevute dalla Cattolica di Milano, dall'Università Suor Orsola Benincasa di Napoli e da quella di Torino, e da novità straordinarie: l'idea dell'invecchiamento attivo, dell'esistenza di un "disadattamento lavorativo" e di un percorso che va dalla mente al cervello e non viceversa, della possibilità che la psicologia fornisca al medico elementi chiave per gestire in modo più completo il rapporto col malato. Un percorso che prosegue ancora adesso, lastricato di ricerche, pubblicazioni e libri. Ma anche di riconoscimenti: tra questi, nel 1985, la medaglia d'oro di benemerenza del Comune di Milano, l'Ambrogino. Incontriamo il professore nel suo "storico" studio in via Lanzone a Milano.

Professore, come le è venuta in mente l'idea, rivoluzionaria per l'epoca, dell'invecchiamento attivo?

«Correva l'anno 1951, avevo 25 anni, e per la tesi che dovevo preparare per la Scuola di specializzazione in psicologia, la prima tesi in Italia sull'invecchiamento, cominciai a frequentare qui a Milano il Pio Albergo Trivulzio. Mi accorsi che gli anziani vivevano in una struttura isolante, che praticamente impediva l'interazione fra gli individui. Nessuno si interessava a questi problemi all'epoca. Le affermazioni condivise da tutti dipingevano il decadimento mentale come ineluttabile, progressivo e irreversibile, ma anche tutta la letteratura medica dell'epoca andava nella stessa direzione, sposava questo pregiudizio. L'idea era che il cervello, dotato di un patrimonio di cellule nervose dato una volta per tutte, perdeva un tot di neuroni all'anno fino al suo disfacimento e non si teneva conto della grande variabilità individuale di questa perdita, legata alla storia personale, all'ambiente sociale, a quello familiare e all'istruzione. Nel corso della ricerca mi accorsi che gli anziani più vivaci intellettualmente erano lucidi e partecipi, pur in una situazione ambientale negativa. Allora cominciai a ipotizzare che la decadenza non fosse la norma, ma un'anomalia rispetto ad un invecchiamento in salute e in buon rapporto con il mondo. Certo, era un'idea ancora da verificare, soprattutto da dimostrare. La psicologia positiva, poi, mi ha dato ragione sottolineando come accanto a interventi sulla sofferenza e sui disturbi, per mitigarli, è importante far leva sulle tendenze positive, sempre presenti anche nelle persone che sembrano distrutte. E le neuroscienze hanno sfatato il dogma del cervello immutabile».

Come spiega, allora, che a distanza di anni da quest'inversione di rotta, il comune sentire sia ancora orientato verso il pregiudizio della vecchiaia come inevitabile declino?
«Il pregiudizio persiste perché ancora oggi la condizione in cui molti anziani si trovano a vivere è negativa: il pensionamento coatto, il disinteresse sociale, l'emarginazione, spesso anche lo sradicamento dalla propria casa, tutti fattori che favoriscono il disagio. È prevalsa, così, l'idea che i vecchi siano un problema, anziché una risorsa. Si può contrastare questa mentalità? Certamente, ne sono convinto. Bisogna diffondere nella popolazione le straordinarie scoperte delle neuroscienze e le nuove analisi sociologiche che ci indicano come non si possa più parlare di epoche rigide dell'esistenza, ma, piuttosto, di ciclo di vita. Pensi al successo che hanno avuto le università della Terza Età; dimostra quanta vitalità mentale ci sia negli ultrasessantacinquenni di oggi. Poi essere anziani non significa caricarsi di patologie, i dati ci dicono che l'Italia è piena di vecchi sani».

Che cosa pensa dell'idea dell'uscita flessibile dal mondo del lavoro, del pensionamento anticipato?
«Non sono favorevole. Secondo me, l'ideale sarebbe che una persona andasse in pensione quando si sente di farlo. Bisogna rendere possibile un impegno lavorativo ridotto, un part time, che valorizzi la professionalità, la competenza acquisita dai lavoratori anziani. Può sembrare un'utopia; smette di esserlo

se si comincia a studiare la situazione attuale con questa diversa ottica. Per realizzare l'uscita volontaria e graduale ci vuole una legge quadro che, tenendo conto dei diritti acquisiti e dei problemi del mercato del lavoro, consenta questa flessibilità a tutti, anche ai lavoratori manuali, se lo vogliono, ovviamente. Poi bisogna pensare al dopo, a eventuali occupazioni per i pensionati, non in modo schematico, massificato, ma valorizzando la loro esperienza e la loro creatività. L'idea o, meglio, l'ideologia che va assolutamente combattuta è che gli anziani occupino posti destinati ai giovani perché è mistificante; non si crea così nuova occupazione e si alimenta una conflittualità fra le generazioni che non porta da nessuna parte. Nonostante quello che vedo oggi, sono comunque ottimista: questa nuova mentalità emergerà, ma ci vorrà tanto tempo. Credo anni. Nell'immediato sono pessimista: i politici e i sindacati, prima ancora della gente comune, devono capire che l'anziano è parte attiva della società, ma mi sembra che siano lontani da un'idea del genere, imprigionati nel conformismo. Almeno per ora».

Oggi è arrivato alle novanta primavere. Come si sente?
«Abbastanza bene perché sono ancora molto attivo: continuo a insegnare all'Università Suor Orsola Benincasa di Napoli, dove tengo da diversi anni un corso di psicologia dell'invecchiamento. Vado una volta alla settimana per le lezioni. Il rapporto con il mondo accademico mi mette in una situazione positiva, ma sono soprattutto gli studenti a mantenere in me la voglia di fare e di comunicare. Poi continuo a pubblicare lavori, partecipo a varie iniziative, tengo lezioni magistrali, insegno psicoterapia in varie Scuole di specializzazione e sono

in continuo contatto con l'Istituto di psicologia che ho fondato, ora inserito in un Dipartimento. In questi ultimi anni mi sono occupato molto di creatività e di umorismo (ricordiamo *Umorismo, creatività e invecchiamento*, scritto con Alessandro Porro e Giovannantonio Forabosco, edito da Aracne, *ndr*). Insomma, mi sento valorizzato, anche se gli anni passano, è inevitabile».

Ci dice il suo segreto di longevità?

«Credo di non averne: continuo a vivere come facevo a cinquant'anni. La sera vado a teatro e ai concerti. Ho la fortuna di avere ancora accanto mia moglie, la compagna della vita; questo è molto importante. Ho due figli, uno psicologo e l'altra pediatra, ai quali sono molto legato e purtroppo una sola nipote che vive a Londra; quindi, come nonno scarseggio. Bevo poco, non fumo, mi muovo, cammino soprattutto, guido la macchina e ci sento benissimo. Fare esercizio fisico è importante – ho praticato molti sport in passato – ma credo che fondamentale sia il movimento "cerebrale", tenere allenato il cervello in attività che implichino anche una comunicazione. L'isolamento è terribile quando si è vecchi, va combattuto in ogni modo. Per questo le università della Terza Età sono un'occasione preziosa».

GIULIA MARIA CRESPI

Mi accoglie nell'amata Ca' del Quac, una casa che assomiglia a una palafitta in mezzo a bellissimi alberi. La costruì, attorno a una grande quercia, nei primi anni Sessanta l'architetto Guglielmo Mozzoni che diverrà, pochi anni dopo, suo marito. Per Giulia Maria Crespi questa casa, non lontana da Pavia, nella tenuta della Zelata oggi gioiello di agricoltura alternativa, è un luogo estremamente caro. Quasi un filo conduttore nella sua esistenza, lunga 93 anni, che racconta nella biografia intitolata *Il mio filo rosso*, da poco pubblicata per Einaudi. Nata a Milano da una famiglia della grande borghesia industriale lombarda, proprietaria anche del *Corriere della Sera*, Giulia Maria è l'unica figlia di Aldo Crespi; educata privatamente, impara diverse lingue e vive una gioventù dorata, pur attraversata dal dramma della guerra e dalla perdita del primo giovane marito Marco in un incidente stradale. La sua vita prende una strada singolare (per una donna di quell'epoca), quando nei primi anni Sessanta viene messa dal padre nel Consiglio di Amministrazione, assieme a lui, del *Corriere del-*

la Sera. Giulia non si occupa solo di bilanci, vuole incidere sulla linea editoriale del quotidiano – non a caso la chiamano la “zarina” – cui imprime un vigoroso cambiamento nel 1972, quando sostituisce l’allora direttore Giovanni Spadolini con Piero Ottone, che dà una virata a sinistra. Ma questo non piace nelle stanze del potere. Come racconta lei stessa: «“Un abboccamento verso il comunismo”, bisbigliano nei salotti della *haute*. A Milano e Roma “si sono rotti gli equilibri”, geme un certo ceto politico». Indro Montanelli se ne va sbattendo la porta e fonda *Il Giornale.* Di fronte alle difficoltà finanziarie, poi, i due soci Mario Crespi e Tonino Leonardi vogliono vendere: nel 1972 Giulia Maria trova come acquirenti Agnelli e Moratti. Nel ’74, con il cambiamento della situazione politica, anche questi ultimi vogliono andarsene e obbligano l’imprenditrice a vendere anche lei, a lasciare il giornale che era appartenuto alla sua famiglia per tanti anni. Ma Giulia non esce di scena: nel 1975 con Renato Bazzoni, Alberto Predieri e Franco Russoli fonda il FAI - Fondo Ambiente Italiano, che si adopera, senza fini di lucro, per la tutela e il restauro di beni architettonici e naturali. Ancora oggi ne è Presidente onorario. Appassionata di agricoltura biodinamica, negli stessi anni crea nella tenuta della Zelata l’azienda agricola *Cascine Orsine*, oggi realtà consolidata gestita dal figlio Aldo. Più volte colpita dal cancro, non ha mai voluto sottoporsi alla chemioterapia. La incontro nel salotto della casa palafitta sorseggiando un ottimo succo di lampone, ovviamente biologico.

Signora Crespi, di cosa si occupa attualmente?
«Sono ancora molto attiva nel FAI, do uno sguardo qui alla Zelata all’azienda agricola, mi occupo dei miei sette nipoti.

Forse faccio troppe cose, anche perché adesso mi stanco, la mia famiglia me lo dice continuamente. Ma i figli cercano sempre di metterci a riposo, si sa. In realtà vorrei essere più ascoltata, soprattutto nel FAI; non ci riesco perché loro ormai mi considerano vecchia. Sono Presidente onorario e basta, mentre ancora oggi vorrei che la mia visione avesse un peso nel mondo. Secondo me, una persona va scelta per quello che è e sa fare, non per l'età che ha; quest'idea della rottamazione dei vecchi è dominante, ma va combattuta. La grande presenza delle persone in là con gli anni nel volontariato dimostra la loro voglia di partecipazione alla vita sociale. Io, quando ero giovane, ho sempre avuto consiglieri attempati: credevo, e credo ancora, nella saggezza della persona anziana, valore che sembra completamente dimenticato. Chi è vecchio oggi è screditato».

Dalla sua autobiografia emerge un interesse per il giornalismo che è quasi una passione. Lo è ancora oggi?

«Indubbiamente, soprattutto per la carta stampata. Non amo il web anche se forse è un'idea da vecchi e guardo poco la televisione, perché fa un'informazione superficiale. Con le uniche eccezioni di *Otto e mezzo* di Lilli Gruber, che mi aiuta a farmi un'idea di certi personaggi, e le inchieste di Milena Gabanelli. Tanti dicono che il giornalismo è finito: credo che stiamo iniziando una vorticosa evoluzione verso un futuro in cui ritorneranno alla grande certe cose ora considerate superate. Quel che si legge su un giornale online va e viene, mentre lo scritto resta. Appunto, *verba volant, scripta manent.* Anche se i direttori dei giornali sembrano negarlo, non ci credono più. E fanno male».

Quando ha preso le redini del Corriere, nel giornale la presenza femminile era quasi inesistente. Ne ha percepito il maschilismo?

«Certo. Mi chiamavano "la fanciullina", ero oggetto di ironia, ma io me ne fregavo. Indro Montanelli ha, addirittura, scritto sull'*Espresso* che ero sottosviluppata e mongoloide. Non mi ponevo il problema di essere donna, trovavo che era tutto da rifare, imbalsamato. Non so se era incoscienza, ma ero molto decisa a fare cambiamenti in un mondo ambiguo, quale è l'ambiente giornalistico. Anzi, forse adesso lo è anche più di allora».

Le interessa la politica?

«No, solo indirettamente. A me interessano la natura, la tutela dell'ambiente, la ripresa dell'agricoltura ma, purtroppo, tutto dipende dalla politica. Non ho mai pensato di entrare in un partito: ho cercato di condurre le mie battaglie al di fuori, anche se sono stata amica di molti politici. Ho anche vissuto molte delusioni: ricordo quando ebbi un incontro con Giorgio Napolitano, all'epoca Presidente della Repubblica, per sollecitare un suo impegno al ritorno all'agricoltura in Italia: la superficie di terreno non utilizzata è di 1.220.000 ettari, uno scandalo, mentre si potrebbe con piccoli finanziamenti tornare a coltivare terre abbandonate. Lui mi ascoltò gentilmente e poi propose di organizzare un incontro al Quirinale su questo tema. Ma nonostante le mie successive insistenze, queste belle intenzioni rimasero tali. Adesso è in gestazione un accordo di libero scambio fra gli Stati Uniti e l'Italia che sarà disastroso per gli agricoltori, metterà sul mercato prodotti americani a basso prezzo, concorrenziali, ma di pessima qualità».

E la vecchiaia?

«Mi sono accorta di essere vecchia improvvisamente a novant'anni. Prima non mi ricordavo mai quanti anni avevo, dovevo fare i conti. Poi ho avuto un'operazione per il cancro, non la prima - la malattia mi si è presentata già altre volte - ma questa volta ho accusato il colpo. Però mi sono anche resa conto in questi ultimi anni dell'evoluzione che è avvenuta dentro di me. Sono arrivata a una maggiore consapevolezza del mondo, della gente; prima non ero così cosciente dei problemi, dei drammi di tante persone. Intendo in senso generale, vivevo intensamente momento per momento. Non è vero che i vecchi sono inutili, sorpassati: da vecchi si arriva a una visione molto più ampia e profonda dei problemi rispetto a quando si è giovani. Ma molti non possono esprimersi perché vengono emarginati; io sono senz'altro, anche in questo, una privilegiata, lo so bene. E poi con gli anni avviene un altro cambiamento: a un certo momento della vita è inevitabile che ci si chieda cosa c'è dopo. Non sono religiosa in senso classico, ma credo che ci sia un nostro io in lenta evoluzione; credo, forse, in ripetute vite terrene».

Ha qualche rimpianto?

«Non ho molti rimpianti. Qualcuno, certo; avrei voluto fare più viaggi, ma per impegni di lavoro spesso ho rinunciato. Il più importante è quello di aver trascurato i figli quando erano piccoli, ero sempre troppo impegnata. È per questo che non sono femminista, mi sono accorta che bisogna stare più vicini ai propri figli finché non hanno una certa età, a meno che non ci sia una stretta necessità. Forse la mia esperienza è stata segnata dal fatto di essere rimasta vedova per molti anni; il mio secondo marito era un uomo che navigava nella poesia, nell'arte, era uccel di bosco, non si poteva chiedergli di occuparsi dei figli. Un altro rimpianto è quello di non essermi comportata bene in determinati frangenti con certe persone, soprattutto umili; per esempio, mi dispiace di aver rimproverato quando ero bambina una portinaia della nostra casa in campagna perché raccoglieva di nascosto le castagne».

Chi sono oggi i suoi compagni di strada?
«Quelli rimasti. E poi ne cerco di nuovi. La solitudine fa male, fa solo male; è uno dei grandi problemi degli anziani che rimangono vedovi o hanno i figli lontani. La presenza di una badante risolve problemi pratici, ma non è una soluzione affettiva. Da quando è scomparso mio marito, due anni fa, anch'io per la prima volta mi sento sola. Ci sono i figli, i nipoti, ma non sempre, ormai anche loro sono in giro per il mondo e questa casa che nel week end era sempre piena, ora è spesso silenziosa».

I suoi progetti per il futuro?
«Continuare a lottare per l'agricoltura pulita, contro i concimi e i diserbanti che avvelenano i terreni e le acque. Tanti giovani vorrebbero tornare all'agricoltura ma lo Stato non li aiuta: per me è un grande cruccio, una battaglia ancora da vincere. Poi sono contro le trivelle: il petrolio italiano è di pessima qualità e in Basilicata ha già prodotto molti danni».

DARIO FO

La casa in Porta Romana è piena di luce, di colori, di quadri. L'ultimo, in lavorazione, troneggia sul cavalletto di fronte all'entrata; accanto, un affastellarsi di boccette colorate. Il Maestro ha inaugurato alla Miart Gallery di Brera, il 13 maggio, la personale *Razza di Zingaro*, ispirata al suo omonimo libro, edito da Chiarelettere. La mostra ha avuto un successo tale da far chiudere le porte per contenere il pubblico, ma gli appassionati hanno acquistato i quadri in anteprima, sbirciandoli, addirittura, dalla vetrina. Dario Fo è un pittore apprezzato ma anche, e soprattutto, drammaturgo, attore, scrittore – l'ultimo libro, *Dario e Dio*, scritto con Giuseppina Manin e pubblicato da Guanda, è stato per settimane ai primi posti delle vendite – illustratore, scenografo, attivista, Premio Nobel per la letteratura 1997. «Lei è un monumento nazionale, uno dei pochi che resistono», gli dico entrando nel suo studio pieno di fotografie di Franca Rame, alcune bellissime, e dei nipoti, ma il complimento lo irrita. «Non ci tengo; non bisogna fidarsi degli italiani. Guardi che cosa è successo a Gianroberto Casaleggio.

Prima era un essere indegno, un guru, un furbacchione; defunto, è diventato di colpo una persona stupenda, tutti hanno scritto che era rispettabile, di alto livello. Ora sono oggetto di gratificazioni, anche eccessive, poi da morto...».

Dario Fo, sempre ironico e acuto, porta con grande disinvoltura i suoi novant'anni, tuttora pieni di progetti, di appuntamenti, di impegno civile. Vive circondato da affetti e da una serie di assistenti giovani. «Mai la solitudine» dice «da vecchi uccide».

Maestro, cos'è per lei oggi il palcoscenico?
«Non è cambiato nulla andando su con gli anni: è parte integrante della mia vita, come lo è sempre stato. Da qui a breve farò di nuovo *Mistero Buffo* (la famosa serie di monologhi, replicati migliaia di volte, andata in scena per la prima volta nel 1969, *ndr*), una selezione dello spettacolo dei "primordi", a Padova, Milano, Roma. Poi altrove, vediamo».

I problemi sociali sono stati importanti nella sua vita, ma lei non è mai entrato in politica. Come mai?
«No, infatti: ho capito che il gioco si svolge a un livello troppo basso. Franca, dopo aver deciso di farlo (senatrice con l'Italia dei Valori dal 2006 al 2008, *ndr*) già dopo quattro mesi diceva: "Ho sbagliato tutto; le persone non stanno in Parlamento per fare gli interessi degli italiani, ma solo per aiutare se stesse". Ciononostante, è rimasta due anni e si è data molto da fare; ha combattuto una battaglia perché fosse riconosciuta la responsabilità dell'uranio impoverito sulla salute dei militari. Battaglia vinta: lo Stato ha dovuto risarcire. Bisogna anche chiedersi che cosa significa fare politica; credo che si faccia anche

informando, svelando verità taciute, alterate, mascherate. È un dovere che sento molto; ce n'è bisogno perché noi siamo un popolo di ignoranti. E le informazioni utili non arrivano. Le racconto quest'ultima esperienza perché è illuminante: di recente un giornale di Siena ha pubblicato la notizia del successo di una ricerca scientifica, durata due anni, per sconfiggere malattie da virus come l'Aids, l'Epatite C e la febbre Dengue. L'idea era di agire sull'ambiente dove l'agente infettivo va ad "accasarsi", e non sul virus stesso, per approdare a un unico farmaco capace d'interferire con il suo annidamento e la conseguente replicazione. Ha funzionato: si sta già ragionando su possibili molecole da testare, siamo ai fatti. L'abbiamo saputo perché Franca quattro anni fa aveva accettato di aiutare questi ricercatori, Maurizio Botta dell'Università di Siena e Giovanni Maga del Consiglio Nazionale delle Ricerche di Pavia, con un sostegno economico importante. A questo punto ho sollecitato il Corriere della Sera, La Repubblica e varie televisioni perché dessero la notizia. Niente: soltanto Il Fatto Quotidiano le ha dedicato un articolo. Allora ho chiamato i ricercatori ad Alcatraz, abbiamo fatto un meeting e realizzato un video. Poi io ne ho fatto un altro in cui spiego con parole più semplici la ricerca. I filmati, messi su youtube, hanno avuto 100.000 visualizzazioni. La Rai ora si sta dando da fare per realizzare dei servizi. Questo per me oggi è fare politica».

Lei è in qualche modo un privilegiato, si è costruito una vita piena di interessi. Ma la persona qualsiasi che arriva alla pensione, cosa può fare?

«Se il pensionato non trova un contrappunto a quello che era il suo lavoro, tale da farlo sentire vivo e partecipe, è morto. Io mi rendo conto che non devo perdere il ritmo, altrimenti sono finito: allora scrivo, dipingo, recito, mi preoccupo di problemi che non sono né il teatro né la scena, ma sociali. Franca era come me. L'importante è la continuità».

Che cosa pensa delle università della Terza Età?
«Ne penso bene. L'importante è non mollare; andare alla ricerca del sapere, aver voglia di conoscere. Arricchire se stessi: proprio nel momento in cui crolla tutto, il cervello è l'ultimo a perdersi. E poi è come un muscolo: se non lo solleciti, se non lo eserciti, si atrofizza».

Uno dei problemi quando si è anziani è restare soli. Lei ha vissuto la grande perdita di Franca tre anni fa... E oggi?
«Franca mi manca tanto, ma cerco di ricordarla anche riprendendo le cose che abbiamo fatto insieme. Rivivere una situazione che non c'è più serve. Poi non sono mai solo: vivo con gli altri. E ho tanti affetti, mio figlio Jacopo, i nipoti e bisnipoti: li vedo in continuazione perché alcuni lavorano con me, uno si occupa dei testi, un altro delle riprese. Per un attore è importante l'impresa di famiglia. Poi mi piace il rapporto con i giovani; sono appena stato all'Accademia di Brera, l'aula era gremita, è gratificante. Il tema era questa mostra in corso a Milano, *Razza di Zingaro*, dedicata al grande pugile Johann Trollmann, che durante il nazismo, negli anni Trenta, divenne il campione dei pesi medi della Germania. Ma era un sinti, uno zingaro, un diverso. Gli tolsero il titolo e finì in campo di concentramento. Nel 2003, dopo sessant'anni di indifferenza, la federazione dei pugili professionistici tedeschi ha restituito agli eredi la sua cintura da campione».

Per i prossimi anni che cosa l'attira di più? Recitare, dipingere, scrivere?
«Non ho mai avuto il problema di realizzare una cosa prima di un'altra. Ho fatto sempre ciò che mi veniva incontro, che in quel momento mi era congeniale. La mia passione civile mi ha portato a interessarmi delle stragi, degli anarchici. Mi pare con successo: *Morte accidentale di un anarchico* ha girato tutto il mondo. A Londra un teatro lo ha rappresentato per sei anni, un altro ha messo in scena per altrettanto tempo *Non si paga non si paga* (l'opera è del 1974, *ndr*)».

Come vede i giovani nel loro rapporto con l'arte, in particolare con il teatro?
«Noi alla libera università di Alcatraz (creata in Umbria dal figlio Jacopo, *ndr*) facciamo scuola di teatro e recitazione da oltre vent'anni. Anche l'ultimo corso è andato benissimo: i ragazzi erano metà italiani e metà stranieri, appassionati, bravi. Io di giovani talenti ne vedo, ma poi è tutto il resto che manca; lo Stato se ne frega della cultura».

Un'ultima domanda: quando ha vinto il Nobel se lo aspettava?
«Sì, perché ero stato già candidato nel 1975, ma c'era stata una fuga di notizie che aveva bloccato tutto. È stata una soddisfazione enorme, però io e Franca abbiamo subito detto: non montiamoci la testa. Abbiamo fatto bene: tanti che hanno vinto il Nobel dopo non hanno concluso più niente, anche perché il premio è una somma cospicua, ti puoi mettere a riposo. Mi sembra non sia il mio caso; tra l'altro, ho devoluto tutto a opere e iniziative utili».

BIBLIOGRAFIA

Augé Marc, *Il tempo senza età*, Raffaello Cortina, Milano, 2014.

Avio Alberto, *Vecchiaia e lavoro*, Ediesse, Roma, 2008.

Bazzi Tullio, Giorda Renato, *Il training autogeno*, Città Nuova, Roma, 1984.

Bobbio Marco, *Giuro di esercitare la medicina in libertà e indipendenza*, Einaudi, Torino, 2004.

Bobbio Norberto, *De senectute e altri scritti autobiografici*, Einaudi, Torino, 2006.

Bowen Mary Elizabeth, "A prospective examination of the relationship between physical activity and dementia risk in later life", in *American Journal of Health Promotion*, vol. 26, n. 6, 2012.

Butler Robert N., Lewis Myrna L., *Aging and mental health*, The C.V. Mosby Company, Saint Louis, 1982.

Roberto Cabeza, "Hemispheric asymmetry reduction in older adults: the Harold model", in *Psychology and aging*, vol. 17, n. 1, 2002.

Cesa-Bianchi Marcello, Cristini Carlo, *Vecchio sarà lei!*, Guida, Napoli, 2009.

Cesa-Bianchi Marcello, *Sempre in anticipo sul mio futuro*, Guida, Napoli, 2012.

Cohen Gene, *Il potere della mente matura*, Piemme, Milano, 2007.

Colcombe Stanley, Kramer Arthur F., "Fitness effects on the cognitive function of older adults. A meta-analytic study", in *Psychological Science*, vol. 14, n. 2, 2003.

Collura Matteo, *La badante*, Longanesi, Milano, 2015.

Crespi Giulia Maria, *Il mio filo rosso*, Einaudi, Torino, 2015.

Cugno Anna (a cura di), *Il dialogo fra le generazioni. Formazione e comunicazione oltre le frontiere*, Franco Angeli, Milano, 2004.

De Beauvoir Simone, *La terza età*, Einaudi, Torino, 2002.

Diamond Marian Cleeves et al., "Increases in cortical depth and glia numbers in rats subjected to enriched environment", in *Journal of Comparative Neurology*, vol. 128, n. 1, 1966.

Dobrilla Giorgio, *Solo scienza e coscienza?*, Il Pensiero Scientifico, Roma, 2006.

Doidge Norman, *Il cervello infinito*, Ponte alle Grazie, Milano, 2015.

Eriksson Peter S. et al., "Neurogenesis in the adult human Hippocampus", in *Nature Medicine*, vol. 4, n. 11, 1998.

Ferretti Giovanna, *Francesco Antonini, la vita e le intuizioni di un geriatria*, Mauro Pagliai, Firenze, 2014.

Fo Dario, *Razza di zingaro*, Chiarelettere, Milano, 2016.

Fossi Giordano, Benvenuti Paola, *Dolore e angoscia di morte. Un approccio clinico e psicodinamico*, Borla editore, Roma, 1988.

Girotto Vittorio, Pievani Telmo, Vallortigara Giorgio, *Nati per credere*, Codice, Torino, 2008.

Gould Elisabeth et al., "Learning enhances adult neurogenesis in the hippocampal formation", in *Nature Neuroscience*, vol. 2, n. 3, 1999.

Illich Ivan, *Nemesi medica*, Mondadori, Milano, 1977.

Innocenti Elena, Vecchiato Tiziano (a cura di), "Volontariato e invecchiamento attivo", in *I Quaderni*, Cesvot edizioni, n. 65, ottobre 2013.

Iossa Fasano Augusto (a cura di), *Longevi Visionari*, Skira, Milano, 2006.

Kabat-Zinn Jon, *Vivere momento per momento*, Corbaccio, Milano, 2016.

Kempermann Gerd, Kuhn Hans-Georg, Gage Fred H., "More hippocampal neurons in adult mice living in an enriched environment", in *Nature*, vol. 386, 1997.

Kempermann Gerd, Gage Fred H., "New nerve cells for the adult brain", in *Scientific American*, May 1999.

Klein Melanie, *Invidia e gratitudine*, Giunti, Firenze, 2012.

Larson Eric B. et al., "Exercise is associated with reduced risk for incident dementia among persons 65 years and older", in *Annals of Internal Medicine*, vol. 144, n. 2, 2006.

Laurin Danielle, Verreault René, Lindsay Joan, "Physical activity and risk of cognitive impairment and dementia in elderly persons", in *Archives of Neurology*, vol. 58, n. 3, 2001.

Levi Arrigo, *La vecchiaia può attendere*, Mondadori, Milano, 1998.

Lipperini Loredana, *Non è un paese per vecchie*, Feltrinelli, Milano, 2012.

Lu Yi-Hsueh et al., "Twelve-minute daily yoga regimen reverses osteoporotic bone loss", in *Topics in Geriatric Rehabilitation*, vol. 32, n. 2, 2016.

Maguire Eleanor A. et al., "Navigation-related structural change in the hippocampi of taxi drivers", in *Proceedings of the National Academy of Sciences*, vol. 97, n. 8, 2000.

Mather Mara et al., "Amygdala responses to emotionally valenced stimuli in older and younger adults", in *Psychological Science*, vol. 15, n. 4, 2004.

Milano Gianna, Palmerini Chiara, *La rivoluzione delle cellule staminali*, Feltrinelli, Milano, 2005.

Nahemow Lucille, McCluskey-Fawcett Kathleen A., McGhee Paul E., *Humor and aging*, Academic Press, Londra, 1986.

Öhman Hanna et al., "Effect of physical exercise on cognitive performance in older adults with mild cognitive impairment or dementia: a systematic review", *in Dementia and geriatric cognitive disorders*, n. 38, n. 5-6, 2014.

Pizzuti Marco, *I mercanti della salute*, Sperling & Kupfer, Milano, 2012.

Prati Gabriele, "Proprietà psicometriche della scala della resilienza disposizionale", *Giornale di Psicologia*, vol. 4, n. 3, 2010.

Pucci di Benisichi Renata, *Per un buon uso della vecchiaia*, Sellerio, Palermo, 2015.

Pugliese Enrico, *La terza età. Anziani e società in Italia*, Il Mulino, Bologna, 2011.

Secco Luigi, *Il dialogo tra le generazioni. Formazione e comunicazione oltre le frontiere*, Franco Angeli, Milano, 2004.

Seligman Martin E.P., *Imparare l'ottimismo*, Giunti, Firenze, 2015.

Skinner Burrhus, Vaughan Margaret E., *Vivere bene la terza età*, Sperling & Kupfer, Milano, 1984.

Soresi Enzo, *Il cervello anarchico*, UTET, Torino, 2005.

Suzuki Wendy, *Happy Brain*, Sperling & Kupfer, Milano, 2015.

Testa Annamaria, *La trama lucente*, Rizzoli, Milano, 2010.

Trabucchi Marco, *I segreti di una vita sana e lunga*, Il Mulino, Bologna, 2014.

Van Praag Henriette et al., "Running increases cell proliferation and neurogenesis in the adult mouse dentate gyrus", in *Nature Neuroscience*, vol. 2, n. 3, 1999.

Van Praag Henriette et al., "Functional neurogenesis in the adult hippocampus", in *Nature*, vol. 415, 2002.

Veronesi Umberto, Pappagallo Mario, *I segreti della lunga vita*, Giunti, Firenze, 2015.

Vineis Paolo, *Prima della malattia*, Marsilio, Venezia, 1997.

Wilson Robert A., *Donna per sempre,* Rizzoli, Milano, 1967.

Winnicott Donald Woods, *Sviluppo affettivo e ambiente*, Armando Editore, Roma, 2013.